春宁，本名刘春宁，中央军委机关某部干部，大校军衔，在《小说月报》《奔流》《延安文学》《解放军文艺》《人民日报》《解放军报》等发表作品400多篇（首），多次获奖。

春宁 著

鼓角春声

中国青年出版社

（京）新登字 083 号

图书在版编目（CIP）数据

鼓角春声 / 春宁著 . — 北京：中国青年出版社，2020.12
ISBN 978-7-5153-6222-9

Ⅰ . ①鼓…　Ⅱ . ①春…　Ⅲ . ①诗集—中国—当代
Ⅳ . ① I227

中国版本图书馆 CIP 数据核字（2020）第 208435 号

责任编辑	侯群雄　岳　虹	
装帧设计	郭子仪	
内文设计	李　平	
出版发行	中国青年出版社	
社　　址	北京东四十二条 21 号	
邮政编码	100708	
网　　址	www.cyp.com.cn	
门 市 部	010-57350370	
编 辑 部	010-57350402	
印　　刷	北京欣睿虹彩印刷有限公司	
经　　销	新华书店	
规　　格	710×1000　1/16	
印　　张	19.5	
字　　数	185 千字	
版　　次	2020 年 12 月北京第 1 版	
印　　次	2020 年 12 月北京第 1 次印刷	
定　　价	58.00 元	

本图书如有印装质量问题，请凭购书发票与质检部联系调换　联系电话：（010）57350337

心底流淌的清泉

厚厚的书稿拿到手时，着实吃惊不小。

我和春宁是战友、老乡，更是朋友。军委机关的工作我是了解的，标准高、要求严、时效性强，紧张、繁忙还需精益求精，事事不敢马虎懈怠，精神与身体长期处于高强度运转状态。在如此繁重的案牍之下，他还能沉静下来，潜心钻研诗歌、体悟人生、讴歌军旅，这份勤奋非常让我感动！也使我深受感染，心生"敬畏"，真正沉静下来，用心阅读和品味这一首首凝结着春宁心血的诗作。

春宁的诗充满了"真"。每一首诗都展示着真诚，浸透着质朴，书写着真实的生活，散发着生活沃土的芬芳，都是真实的情感流露。如同他就站在你的面前，坦坦荡荡地注视着你，用心灵和你对话，述说着他的热爱、困惑、挣扎、激奋、高兴……无遮无拦，清澈见底，你会被这真实逼迫着，情不自禁地进入他的诗境，理解他的感受，产生同样的情愫，在心灵上受到冲击和激荡。在《心伤》这首诗中，"真怕劈面撞上自己的灵魂／一路闪躲，一路跑／骨骼硬且尖锐，扎人／刺到别人之前肯定先伤自己"。这种感觉人人都有过，只要你是一个有正常情感、正常思维和生活的人，只要你真正伤心过、苦闷过、受伤过。我们常说，说得出来的痛苦都不叫痛苦，真正的痛苦是无法言说的，触动灵魂的是那些生命中不可承受之"轻"！个中感受，应当莫过于此吧。读这样的诗句，你看到的是真实的人性、扎实的人生和可触摸的伤痛，而这伤痛又是温暖的、亲切的，是硌得心痛而无法言说的同感与共鸣，让你不由自主去反观自己和自己孤独无助时的无奈。

春宁的诗充满了"爱"。他的诗句间弥漫着浓浓的挚爱，即便是言说痛苦，这痛苦的根部也是爱，是爱在挫折生长中开出的"花朵"，是爱到一定程度后结出的"苦"果。诗句中的爱，不只是单纯的亲情、友情之爱，更多的是爱军队、爱生活、爱社会、爱自然，爱身边和所经历的一切。这是发乎内心的真情和大爱，是超越了"小我"的"大我"之爱，是家国情怀，是浩然充盈的人间正气。《母亲的白发》中："仿佛昨天刚离开家／今天，您已一头白发／春风刚刚吹过／冬雪怎就纷纷落下／就是一回首的刹那／青春竟摇曳成霜花……婀娜的身体／在送别的路口／站成斑驳的路标／手臂在院墙上长出枝杈／青丝被年月思念成白发／／您的青春比鲜花脆弱／经不起晨昏几度／您的青春比岁月坚韧／从儿女延展到儿女的儿女／在岁月的背后开出娇艳的花……"这是给母亲的诗，更是天下所有母亲的真实写照，是歌颂伟大母爱最痴情的赞歌。有哲人说过，世上所有的爱，在一定程度上都可以概括为"母爱"，我认为，这话是有道理的。我们奔波一生，回头一看，我们一直没有走出母爱的牵挂。在《有雪的黄昏》中："窗外是儿时堆起的雪人／胸中点燃乡愁的诗章／陶醉在终日欢欣的寂寥……所有的儿时伙伴都在 / 举杯间纵情狂欢"，这种爱是友爱，是每个人内心都潜藏的纯真，是经过岁月淘洗后纯净的友谊，或者说是对纯洁无瑕、天真无邪的友情的纪念和向往。多一分爱，社会就多一分温暖，人生就多一分光彩，自然中就多一分和谐。"身体是出膛的子弹 / 冲锋是深植骨髓的魂灵"，这是军人的爱、军队的爱，是军人对祖国、对人民的爱，是军人为维护祖国安全、世界和平，甘愿用生命去践诺的神圣之爱、圣洁之爱、高贵之爱。"酿一壶酒 / 把云朵抛向大地 / 银河摇落下漫天繁星 / 雪花在相思中沉醉不醒"，这是自然的美，更是作者对自然的热爱和钟情。

繁体"爱"字里面是一颗心，只要我们真正用心去体会、去感受，就能发现美、发现爱。大自然本身是富有诗意的，是充满爱的，只有诗人的血液中也流淌着诗意，也充溢着大爱，才能把自然中的爱发掘出来，展现出来，从而激发读者的爱，给读者以美好和温暖，给我们生活的这个世界以温情和关怀。从本质上讲，爱自然就是爱我们自身。静静地阅读，你不能不被这份字里行间的爱所感染、所触动，会跟着作者的思路和情感走，去感悟我们接受的爱、付出的爱，以及由爱生发的美好，整个身心便溢满幸福和快乐。文学作品一个基本的功能不就是教化人、感染人，激发善良和美好嘛！阅读春宁的诗，我时时被作品抒发的爱感染着。

春宁的诗充满了"情"。情与爱密不可分，但情不全是爱，爱憎分明才是真性情。有的情百转千回，有的情清澈见底，有的情感天动地……每一种情都表达得淋漓酣畅而又真诚、恰切。《真的好想你》《等你》等，这些诗中是浓得化不开的爱情，或深入骨髓，或魂牵梦萦，或昭昭日月；《孩子，你是一棵白杨》《村口的老娘》《我讨厌父亲的坚强》等，这些诗中是深沉而浓烈的亲情，血脉相连，息息相通，貌似云淡风轻，实则筋骨相牵；《遥望炊烟》《乡愁》《乡音》《那时的黄昏》等，这些诗中是沉郁绵厚的乡情，根植在血液，生长于骨骼，养育我们的那块土地会一直影响、滋养我们的整个人生。比如："风吹瘦了四季／鼓胀着理想／我背负故乡的老宅走向四方／家被我奔波成了远方／而远方／依然是我未曾抵达的地方"。我相信，每一个离乡的游子都会有这种思乡恋乡的情感，尤其在夜深人静触摸自己的伤疤或荣耀的时候，我们叩问自己的灵魂，这种情感能让你莫名落泪。《山中孤寺》《午夜的醉》《诗人》等，这些诗中抒发的情感更深刻、更深邃、更尖厉，涉及到文学、社会、人生等，从中可以窥见作者思想的敏锐、内心的敏感和无畏的担当，能通过诗句看到作者心中的责任和正义。

春宁的诗充满了"美"。美是诗歌这种文学形式的基本特质。首先是韵律之美。古诗讲究平仄、押韵，现代诗要自由得多，但诗句中的韵律美也是必要的。近年来有些所谓的"先锋派"诗词，拗口、艰涩，要么清淡如水，要么不知所云。春宁的诗读起来朗朗上口，节奏和韵律处理得很好，有音乐节律，不生涩、不执拗，如："每棵草都蓄积着能量／每棵树都年轻着沧桑／以古老的年轮／悠悠述说美丽的传唱"，有歌词一样的旋律；又如："这条路很长很孤单／是一根线／一头系在心尖／一头系在故园"，如同一首"小令"，节奏明快，张弛有度，情感饱满。其次是意境美。许多诗句的画面感很强，亦诗亦画，如"火烧云／托着麦穗逍遥／炊烟袅散／浪漫归巢的倦鸟""归牛饮下一池霞光""老树搀扶夕阳"等等。读到这样的诗句，眼前便会展现出一幅绝美的画卷，给人如诗如画的美的享受。再者是思想美，或者说是内在美，就是诗所表达的思想是积极向上、健康高雅的，反映出作者美好的心灵，看得到内在的对社会、对人生的思考和担当，如"端午是晨起的阳光／童真采撷露珠的晶莹／沉积几个世纪的道德情操／从晨曦到月升／永远玉洁冰清""端午的脚步是竞发龙舟／追逐遗世独醒的风骨／持续刺痛千年沉醉的迷梦"，这些诗句睿智、平实而深刻，反映的是深邃的思想、厚重的责任、深远的忧思，读起来有一种沉重的历史质感和现实观照。

诗歌是简洁明快的，要通过一滴水映照整个世界，需要作者撷取最具典型性、代表性的意象，截取最足以表达内容的图景，通过最洗练的语言，来反映作者意欲表达的思想或情感。从这一点来看，春宁做到了，并且做得很到位，很恰当，没有欲说还休、言犹未尽的缺憾，也没有冗长繁琐之感和重复累赘之嫌，没有"为赋新词强说愁"的无病呻吟，而有的是意犹未尽的回味和思想深处长久的思考。读春宁的诗，有一种从语言到思想的美的享受。至于主题的提炼、开掘，思想深度的开凿，艺术境界的提升等，其实都包含在真挚、情感、爱和美这些范畴。我只想说，阅读春宁的诗，使我们看到了生命和日常生活中更深一层次的境界和意义。

可以说，我对诗一直是怀着敬畏的，因为诗最重表达，最能表达，也最难表达。大家都说，诗人是敏感的，他们对外界事物有着超乎常人的感知。这一点，我相信。通过春宁的诗，可以看出他对生活、天气、社会、人生等一些细节很敏感，这种敏感又与自己的人生追求、心灵世界相互观照，便酝酿成一首首诗意的表达，成就了这些情感积聚、意韵悠长、节奏明快的诗章，在清幽剔透之中，蕴含一番酣畅淋漓的快感与风骨，这是作为一名军人，或者说军旅诗人特有的生命的乐趣，应有的对于生命的认知，也是中国文人自古秉持的济世安民的家国情怀。在春宁的诗中，这种鲜明的气度和豪情浑然天成，有风骨，有自由。每首诗都拥有一个活脱脱的灵魂，既是他自己的自我精神叩问，也是传导给读者的提醒或激励，读一次，心中的爱就会多一分，对真善美的追求就会多一分，对生活、人生的认知和感悟就会深一层，思想和心灵就会敞亮一点。

诗人迪兰·托马斯说过："美丽的心灵到处都有见证人。"对生命的热爱和渴望，对真善美的憧憬和珍视，"一树秋黄"见证了，"那时的黄昏"见证了，"寂寞的哨所"也见证了……在贴近生活和生命本真的诚恳中，在情感碰撞跌宕的不安与抗争中，都镌刻着春宁对美好的追求，对爱的渴望，对虚假丑恶的抗争等，他以情感体察的细微与深切，以温和的姿态俯身感受和摹写，表达了自己诚实的爱憎。

愿春宁永远行走在诗意、真实、诚恳的人生之中，以诗歌的节律敲打自我生命的鼓点，呼应时代和人生的节拍，循着高标的精神和艺术追求行走下去，不断攀上崭新的高峰。

柳建伟

2018 年 8 月 8 日

目 录

春声　第四声　CHUN SHENG

鼓角 第一声

GU JIAO

「扛起国家和民族的命运／义无反顾，走向战场／气血飞扬」

「身体是出膛的子弹／阳光折射出可爱的鸽子的模样」

军人的爱

军人是世界和平勋章上最耀眼的星
时刻闪烁警惕的眼睛
蕴集和散发的爱
如阳光铺洒宇宙
照耀戈壁礁盘山岭天空

翻越千山万水
只看到他们土壤般平凡的身影
感受到野草般丰茂的感情

时刻沐浴他们的爱
远离战火灾难
安享自由和平

军人的爱很深沉
山口狂风冲天巨浪
能深刻体会蚀骨感动

军人的爱很孤独
感染着荒漠戈壁孤岛椰林
化为雪山陡峰边陲晨星
骆驼刺默默陪伴
胡杨林无私歌颂

军人的爱很执着

执着于机舱站台哨位舰艇
祖国的每寸肌肤都完美康宁

军人的爱很高远
探索宇宙的奥秘
叩问未知领地
身系人类命运前程

军人的爱很豪迈
千辛万苦只微微一笑
继续擎旗奋进
闯更加多棘的征途
奔更加辉煌的明天
复兴圆梦

军人的爱很无奈
用奉献述写孝的魂魄
五彩年华彩绘大爱忠诚

军人的爱很惨烈
迎着战火视死如归
责任刻进身躯
生命担当胜利
坚毅盛开在自由的花丛

军人的爱很纯净
扫除世间一切污秽
而不沾一丝粉尘

您的每个微笑每次首肯
每一口自由的呼吸
都是对他们最好的馈赠

执着守卫
把自己站成一棵树、一条河
一片海、一座山
一支钢枪、一块界碑……
身体是出膛的子弹
冲锋是深植骨髓的魂灵

军人的爱
是人世间至简至纯的氧
滋养每个善良的生命
是成长和平的基因
是纯真孩子的梦
是碧空蓝天遍地繁荣
是鲜花盛开歌舞升平

（原刊于 2017 年 9 月 10 日《人民武警报·周末文学特刊》）

永远的士兵

老兵，不是一个普通的称呼
两个字
满满的敬畏
是所有离情别绪的结晶

用最亲切的称谓
喊老兵为班长
军中之母，万般珍重

初入军营
你憧憬的是我曾经的梦
你的拼搏和汗水
是我过往的曾经
儿女情长被使命剪裁
永远是忠诚的士兵
那么纯朴，那么痴情
你赴汤蹈火
催生身后一片
生机勃勃，景象繁荣

老兵，永远是一名士兵
共和国的希望
在你的青春中滋生茂盛
军营，是一座熔炉
你是万度炉火冶炼的精灵

老兵，永远是一名士兵
血液中流淌着激情
走到天边
天边会升起彩虹
踏入大海
大海波涛汹涌
放飞一只风筝
风筝会灿烂成闪亮的勋章
高高悬挂在蔚蓝的天空

老兵，永远是一名士兵
为战争而生
为和平而死
生死都是无上的光荣

和平是一个脆弱的梦
为和平坚守
是你心中最坚定的柔情

老兵，永远是一名士兵
即使脱下戎装
士兵的精魂已刻入骨髓
脚下的每一寸热土
永远镌刻着你的信念
还有你的一腔赤诚

老兵，永远是一名士兵
是一株松柏一盏明灯

是时刻守卫在
共和国和平轨道上的卫星

如有战
召必回
誓言铮铮
热血永远沸腾

（原刊于 2017 年 12 月 27 日《火箭军报》）

哨所旁那株雪莲

离开家乡
来到这雄鹰飞越的地方
哨所旁的雪莲对我微笑
告诉我
男儿应当傲视风霜
珍爱英武的军装
立志献身边防

雪莲忠诚高山的纯洁
我忠诚于我的母亲
捍卫我的理想
捍卫世代守卫的边疆

雄鹰盘旋在雪莲头顶
痴恋雪莲的芬芳
在这近五千米的海拔
与天比高的
是我报效祖国的赤胆衷肠
我向雪莲述说壮志
只要祖国需要
八千米我也快乐前往

雪莲陪我值勤
为我歌唱
见证我的忠诚

我的青春
迎着朝霞跪拜故乡

只要是祖国的领土
每一寸都充满希望

纯洁是雪莲的灵魂
我的理想清澈明亮
胸膛紧贴大地
哨位就是战位
每一寸领土都固若金汤

雪莲迎风盛开
我脚下的土地纵情欢唱
雪莲艳羡我的忠贞
我驾驭着青春飞翔
当我高歌凯旋
雪莲依然坚守
她坚守的地方

我和雪莲一起
成长为永远的国旗雕像
成长为边防线上的界桩
永远坚守着
祖国让我坚守的地方
寸步不让

（原刊于 2018 年第 8 期《解放军文艺》）

班长，一个特殊的称呼

一个称呼
听起来望重德高
喊出来荡气回肠
经军旅浸泡淬火
扛起了共和国的艰辛探索
撑得起人民军队永远辉煌

兵头将尾
是共和国大厦之础
军中之母
受之有道　毫不为过
承载着军队的血脉传承
英雄基因大气磅礴

士兵中的最高职务
与年龄无关
兵龄上却分秒必较
素质能力见短长
亲情和严厉
比父母更关心更体贴
比亲兄长更亲的兄长

班长
军人情感结晶后的浓缩
"老"是催化剂
一声老班长

涕泪滂沱
军旅情感窖藏的佳酿

简单的文字
平凡简洁
看不出浪漫诗意和英雄情结
经过血与火的萃取
欢歌笑语催生
泪水汗水浇铸
年轻的生命
在战火中彼此相托

班长，战友中最亲的战友
亲切温暖　披肝沥胆
沉淀军旅点滴
累积教诲点拨
经历风雨淘洗
书写着最骄傲的青春岁月

这份情愫
重得只有军人才能体察担当
这个称谓
轻得只有人民和祖国能够理解
这个字眼
看起来云淡风轻
喊出来会点燃激情，熔化钢铁
激发永不磨灭的真情和执着

（原刊于 2017 年 5 月 16 日《人民陆军》）

阿拉山口的风

阿拉山口
狂风告诉我的地方
三个军人和一匹骆驼
栽下不可冒犯的界桩

界碑巍然屹立
根植于军人的血色青春
坚守着
比狂风更加强大的理想

风，四季歌唱
之前歌唱肆虐的狂妄
如今歌唱战士的坚强

军人用生命筑下英雄高地
英雄为祖国母亲坚守边防
手握钢枪
把青春筑成雕塑
把理想和生命
谱写成英雄赞歌
大风昼夜歌唱
风啸啸兮
勇往前方

阿拉山口的风

青春迎风鼓荡

大风中高唱无风赋

安如泰山

守卫祖国边防

迎风而立

心中意志如钢

大风见证战士的赤胆

无风可侵

是我对祖国的铮铮宣誓

再大的风

只是对我

绝对忠诚的欢呼和鼓掌

（原刊于 2018 年第 8 期《解放军文艺》）

哨所的寂寞是首歌

唱着流行歌曲来到哨所
邂逅使命和海拔赋予的寂寞
原本想让寂寞妆点青春
没想到青春厮守了寂寞

狂风嚣张着孤独
孤独嚣张了风雪
寒冷酷热滋养青春骨骼
流行歌曲压不住风雨的韵脚
寂寞捍卫着大山
把敌情站成最流行的歌
根扎进每个石缝
融聚向全身细胞
不论春寒夏花秋霜冬雪

山草空灵，比村口老树更加坚韧
寂寞中开出坚贞的花朵
荣也高歌，枯也高歌
歌声里有天空的思念
大地的嘱托

云雨多情，比家乡父老更亲切
四季高奏激越浪漫的诗歌
云飞壮怀，雨来激烈
铺排漫天的问候

颂扬戎装的高洁
聚散都是青春赞歌

日月辉映，照出真情浓烈
阳光驱使孤单
月华讥笑寂寞
我的青春
在哨所开出血色花朵
哨所外月光如水
浇灌思念成河
听到父母的呼唤
飘来女友爱恋的情歌

用寂寞把钢枪紧握
寂寞的诗篇压进枪膛
随时喷射仇恨的怒火
青春在寂寞中品味职责
陈酿后尽享使命洒脱
哨所脚下的高山是歌词
奉献是悠扬的曲调
寂寞是青春脉搏跳动
昂扬铿锵的歌

（原刊于 2018 年 1 月 12 日《火箭军报》）

退伍，以军人的方式告别

军礼，以青松和雷电的姿态
在即将脱下军装之时
军姿，前所未有的标准
倾注每一个日夜积聚的情感
挺拔着滴滴汗水浇灌的坚强
成长的痛苦铸就军魂的雕塑
昂扬起一代人的骁勇

军旗猎猎
回放从幼稚到成熟的点播
新兵蛋子，没有丝毫蔑视的成分
老兵油子，也听不出太多赞许
这一刻，不需要任何称呼

拥抱和不舍
不只因为留恋
意志的骨节嘎巴脆响
召唤更精彩的远方
拔节着离别的伤感
复活几年中最浪漫的追求
向班长宣示渺小的伟岸

眼泪是树枝扯裂树干时
流泻如注的汁液

欢笑仍在继续
顽强的生命源于深扎土地的根
随便插到哪儿
都将以参天傲视风雨
以花鼓、豫剧、京剧……的腔调
喊出一二三四
中气十足
回荡在城市乡村
洪亮于四海五洲

种子，向母体最后一次注目
站成母体的雄姿
拥抱，必不可少
剪断脐带
为占领新的阵地
开出更绚烂的美丽
分蘖，为成熟更茁壮的种子

退伍，一次新的集合
军装和军营一样的颜色
与旗帜的色彩也一模一样
在汗水浸泡下
一丝丝化成血液
把钙质凝成坚硬的骨头

痛快地哭一场吧
以口令的豪迈
向故乡和亲人问候

向全世界宣告

钢铁完成淬火

以刀枪的跋扈和母亲的仁慈

笑着守望和平

等待一次新的召唤

在种子可以飞到的每个角落

最后以军人的名义

敬好最后这个军礼

在学会敬军礼的地方

眼泪骄傲着飞扬

骄傲同龄人的艳羡

我们，用军人的形式告别

等待母亲新的召唤

（原刊于 2017 年 9 月 10 日《人民武警报·周末文学特刊》。曾获第七届强军杯网络军事文学大赛暨庆祝建军九十周年主题征文三等奖。）

寂寞中秋边关月

哨所
钉在山脊高地的星
母亲眺望游子
笑出泪光的眼睛
枪刺挑落一地清辉
山风鼎沸团聚的回声

挺直脊梁
思念长成青松
刚毅随月光的脚步前行
铺满巡逻的路
走进妈妈的目光
织成甜美的梦
相思讲给月亮
哨所长在妈妈的梦中

（原刊于 2019 年 9 月 12 日《空军报》）

那拉提的阳光

巩乃斯，白阳坡
一个由阳光而得名的地方
伊犁河谷的一颗明珠
我以朝圣的心
来感受明珠辉映的光
光笼罩下的璀璨

夏日的光并不招摇
层次着远古的荒凉
雪线就在手边
马背上
吼一支传唱古今的战歌
却回荡澎湃的爱情
悠扬的胡笳、羌笛

古洪积层上的中山地草原
邂逅远征的剽悍
在阳光最好的时候
那拉提
响彻了生命和胜利的呼号
沉睡的大地苏醒
为征服者欢歌
把原始的娇容
美丽成盛赞的勋章
传唱一个世纪

每棵草都蓄积着能量
每棵树都年轻着沧桑
以古老的年轮
悠悠述说美丽的传唱
成吉思汗
草原的王
永远坐在视野最好的峰巅
俯视一如既往的骄傲

夏牧场
亚高山草原植物区
哈萨克人最多的草原
羊、马放牧着牧民
景色放牧着游人
狼游走在景色之中
放牧着马匹和群羊
雪豹，在雪线之上
最纯净最接近长生天的地方
天空放牧着阳光
在胡杨的根脉
数说一个个历史过往
向往一轮轮明天的太阳
最美的草原
在阳光下飘荡

天外飘来白哈巴

从云端来
从遥远的遥远
飘浮在祥云之上
永远的永远
俗世中的山村
俗得没有一丁点世俗
纯净如跌落的天堂

印象派油画大师的调色盘
印象派大师也画不出的画
一日不同的时间
一年不同的季节
美，只存在于自然
只可想象观赏
不可复制描摹
美，纯粹而自然
惊讶每个俗世来客

小木椤屋
储满远古神话
皑皑雪峰和童话的森林
说着童话的阿勒泰神秘
一生陶醉
马背上的图瓦人
云雾笼罩炊烟

在祥和安宁的仙乡
袅袅逍遥的林中民族
溪流清冽
从天外流向天堂

改革，一场新的冲锋

是主动设计战争，还是在战争中成长？
战争是魔鬼变态后的疯狂
走过雪山草地的这支军队起誓：
从今天起，永远不再打遭遇仗！

用望远镜把战争拉近
显微镜下仔细剖析
战争生长、演化和消亡的机理
最为核心的，是关注将来
不论是遗传还是变异
把它的每个细胞都条分缕析
下一场战争，将变成永远的下一场
能战方可止战
决不含糊！
有个词非常棒，叫"闻风胆丧"

军人，不论什么时候
都葆有热血激情和激情热血
骨骼是藏在和平之鞘中的剑
闪着绿色的寒光
阳光折射出可爱的鸽子的模样
以冲锋的姿态时刻冲锋

冲锋，向着旗帜所指的方向
以强健的体魄、锐利的姿态

认真辨识风的走向
不论逆风、顺风、横斜风……

真正的战士，一生只冲锋一次
从入伍到死亡
军人是长进骨头的使命
背负着祖国的和平
一生不断调整冲锋的姿态

号声激越，一轮新的冲锋
向望远镜看到的方向
瞄准显微镜下战争最致命的死穴
高速下，强健骨骼精壮肌肉调整姿态
以最高韬的谋略展示最高超的艺术
军人，号令下永远冲锋的整体
一个方向、一个姿态

向最佳的状态调整
以最佳的加速度冲锋
没时间理会喝彩或者嘲讽
准星与缺口平齐
所有的风都会为我所用

平稳据枪，精准击发
我们永远是战斗的集体
是那颗冲锋的子弹
无往而不胜

（原刊于 2018 年 1 月 5 日《火箭军报》）

爱的旗帜
——有感于军嫂在码头拉横幅接
退役的老公

冬天码头的风很冷

很冷的风被爱点燃

一刹那，鲜红鲜红

燃红整个冬天

激起爱的旋风

欢迎老公光荣回家

家是爱的巢穴

光荣是爱的火种

冬天码头的风很硬

很硬的风被爱消融

一瞬间，很柔很暖很温情

融化所有的相思和辛酸

虎胆英雄

热泪滂沱，承载世上最真的情

欢迎老公光荣回家

战士是铁打的硬汉

光荣是硬汉的勋章和个性

冬天码头的风很痴情

痴情的风为爱动容

一抹红，很深很浓

映照着边关日月

储满了家国柔情

欢迎老公光荣回家

着戎装守万家安宁

回家乡为祖国强盛

光荣是赤诚的使命

在哪儿都铁骨铮铮

（原刊于 2017 年第 6 期《前卫文学》）

明天移防去远方

军人是闻令而动的子弹
改革的号角吹响
即刻冲锋
向着祖国最需要的地方

内地和边疆
大海与故乡
在空中巡逻
到雄鹰翱翔的地方站岗

一声令下
明天移防去远方
亲一亲可爱的孩子
抱一抱孤独的新娘
亲吻慈祥的父母
把亲情安顿妥当

告别已经熟悉的哨位
营院的每棵树木
都注目张望
向营门敬个军礼
转过身，我决不彷徨
虽泪湿眼眶
军旗所指是我的方向

军旅就是不断地冲锋
为和平而生
为战争消亡
明天移防去远方

把背包打好
把旗帜扛在肩上
不论天涯海疆
义无反顾
明天移防去远方

军歌嘹亮
生命为您而生
青春为您成长
祖国，请放心
人民安稳永远在我心上
明天移防去远方

（原刊于 2018 年 1 月 27 日《火箭军报》）

走进春天

一元复始
启航最美丽的梦想
描绘天空和大地最绚烂的精彩

脚步坚定铿锵
先天且日益生长的自信
足以震撼整个宇宙的魂魄
以崭新的英姿出发
在这个承前启后的起点
饱满飒爽的骄傲
傲视一切来犯的卑鄙

改革是一场春雨
重塑中的凤凰涅槃
复活一切应该复活的荣光
剔除一切必须剔除的尘垢
点燃一切血性和正义的刚强
激发一切进取拼搏的基因
锤炼一群英雄虎胆的英武
梦想熊熊燃烧
从这个崭新的春天起航
让和平理想和打赢本领一起
扶摇九天

这个春天，春风骀荡

我们以驰骋空天的潇洒
以精湛武艺和赤胆忠诚
书写大国风范
用蓝天的自豪护卫大地
春天的大地寄望蓝天
从这个春天出发
走进更加美丽的春天

（原刊于 2018 年 2 月 9 日《空军报》）

新的一年，以新的高度飞翔

飞翔，以年轮的方式
深植青春永驻的赤诚
每一根骨头都储满翱翔的基因
战鹰是骨头分蘖的翅膀
以凌厉矫健的姿态和天然的自豪
自由奔放地进击
在蓝天书写青春无敌

飞翔，已成长为一种性格
新的一年
亲吻蓝天的召唤
以改革锤炼的锐利和强悍
在新的高度
任青春恣肆铺展

飞翔，英雄最洗练的舞蹈
迎着春风春雨
击起阵阵春潮
虎胆衷肠
舞出最豪迈的浪漫
笑傲苍穹
新的一年，春雷声声
春天的大地为英雄而震颤

（原刊于 2018 年 1 月 1 日《空军报》、2018 年第 1
期《军事设施建设》）

但闻春风起惊雷
——写给2018年全军开训动员

严冬中迎来了春风
春风唤醒整个寒冬
春风中乍起响彻天宇的激越雷鸣
好一个春季沙场点兵
在这个特殊的新年伊始
在这个普通的流年之初
2018
和其他公历纪年没有任何不同
2018
与1927年以来的任何一年都迥然不同

统帅的一身戎装
铿锵的开训号令
战旗高举，旗帜鲜明
这支战火中诞生，战火中成长
历经胜利洗礼而不断走向胜利的军队
从全新的起点
以最饱满的斗志
向永远的胜利冲锋

催征战鼓，驰荡春风
万里空天，广袤大地，无垠海疆
焕发崭新的激情
机甲轰鸣，战尘飞扬
所有沉睡的沙场顿然苏醒

沉郁抑或陶醉
虚伪空乏或者故步自封
僵硬的教条，空洞的形式
和平的沉沦以及腐败的浸淫
蛟龙拘于浅水，狮虎囿于囚笼
英雄扼腕，壮士慨叹
摩拳擦掌等待了多少日月季节呀
终于，终于，一声惊雷
口号声声，掌声雷动
大地杀气腾腾
人欢马嘶
唤醒迷茫中的踯躅
威武，以奔赴战场的姿态
雄壮，一声高亢自信的号令
动员即誓言，开训即开战
回应的是以死取生的铁骨铮铮

春天里这一声惊雷呀
孔武之士热泪盈盈
召之即来，来之能战，战之必胜
战胜是最好的勋章
瞄准强敌苦练精兵
这支军队天不怕地不怕
一不怕苦，二不怕死
基因中就带着战胜一切的血性和赤诚
春风浩荡，春雷声声

（原刊于 2018 年 1 月 21 日《人民武警报》、2018
年第 8 期《解放军文艺》）

祭奠，以必胜的本领
和信心

又到清明
以悲痛的心情缅怀
噙着泪，四周是充盈的幸福
因为你们的决绝离去

武器躁狂不安
迎风啸叫
你们的倒下
赋予它们沉重的使命
激活急于献身的灵魂
时刻听令

我们的目光警惕而敏锐
向着边境之外
捕捉哪怕丁点风吹草动
不敢懈怠
你们目光如炬
倒下后，仍以站着的凛冽紧盯着
倒下的身躯
烧铸成双倍的使命
长在每个生者的心头

地下孤冷
需要地上的祭奠和告慰

以你们给予的幸福
须报以百倍的奉献
以必胜的本领和信心
祭奠

又到清明
祭奠
以必胜的本领和信心
给全天下以和平和幸福
大地生长着你们的遗愿
天堂应该没有战争

（2019年4月4日《人民日报》微信平台
推送、4月3日北部陆军微信平台推送。
2019年强军网"清明祭英烈"征文优秀
作品。）

花要开了，你在哪里？

——祭奠逝去的先烈

清明主祭
很早很早就开始的传统
为了不应该的忘却

万物苏醒
洁净而清明
你最喜欢的空气
为此，你义无反顾
躺下了身躯
为了我们能幸福自由地呼吸
地气回暖
你在哪里？
我知道，你一直在幸福地注视

气清景明
山河朗润欣欣向荣
从你倒下的地方
向着你倒下的方向
幸福在快乐地成长
花要开了
以繁茂旺盛的力量
你在哪里？
我知道，你含笑不语

大地就是你倒下的身躯
崛起的山峦是骨架
奔腾的河流是血液
繁茂的植被是肌肉
你以大地的节奏呼吸
你的生命盛开的每朵花蕊
丰硕着每一枚果实

（原刊于 2019 年 4 月 4 日《空军报》）

这一天，我会告诉你最幸福的消息

——祭奠为我们的幸福而逝去的先烈

想念你，不仅在应该祭奠的日子

每个日子

以我们拥有的幸福告慰

这是你决然献身的唯一意义

为所有生者的幸福

倒下，描绘美好的幸福愿景

那一刻

倒下的只是身躯

灵魂上升

浸润在每个生者心里

每个日子

我们在享受自由和幸福

为我们

更是替你们

更为我们之后的我们

祭奠吧

用满满的幸福

鲜花寄托着哀思

这一天

我只想告诉你最幸福的消息

你一定会安息

陶醉在幸福的空气

为我们

更为我们之后的我们

（原刊于 2020 年 11 月 2 日《空军报》）

我们的队伍向太阳

南湖那艘小船轻轻一荡
初生的婴儿发出脆亮的呼唤
一个民族从黑暗中苏醒
曙光急欲喷薄
但厚重的黑暗，如铁幕
透不过一丝光明
民主、正义、自由、和平……
赤手空拳地奔走呼号
屡屡受挫，忍气吞声

集聚的能量爆发
南昌城头，火光熊熊
八一，不再是一个普通的日子
一声枪响，击碎坚硬的恐怖
一支武装，隶属于一个崭新的政党
流淌纯正的人民的血液
以人民的名义
向世界宣告神圣的使命
枪声点燃朝阳
昭告红彤彤的明天

91年忠贞不渝
党的宗旨永远是你坚守的宗旨
91年矢志不移
党的旗帜永远是你追随的方向

91 年视死如归
人民幸福永远是你献身的理想
91 年初心不忘
祖国安宁永远是你的使命担当
91 年军魂高扬
世界和平永远是你的追求向往
91 年劈波斩浪
战无不胜永远是你璀璨的勋章
91 年绝对忠诚
赤胆忠心永远在你血脉中流淌

那枪声永远回响、激荡
这支武装，脚踏祖国的大地
迎着朝阳，披荆斩棘
按照党指引的方向
永远走在捍卫和平的路上

（原刊于 2018 年 8 月 1 日《空军报》、
2018 年第 8 期《军事设施建设》）

老 兵

反复擦拭的枪支

和反复摩挲的子弹

烤蓝熠熠生辉

放射逼人的寒光

温暖而亲切

铜质波浪的纹路

把血性和智慧

沿准星缺口向外延展

不论在枪膛、在弹夹

还是暂时退膛封存

底火和弹头始终完好

时刻，每时每刻

使命铸就了性格

可以随时击发

（原刊于 2019 年 8 月 29 日《空军报》）

老营房

一块土地，原本荒芜贫瘠
一茬茬青春浇灌
成长起勇猛、文明、执着和忠诚
那绿色，感动天地
汗水，可以将敌人溺毙
血肉之躯被意志炼成钢钎
无数排列组合
一幢幢房屋闪烁五千多年辉煌
月光下杀声震天
斑驳，一张张幼稚可爱的脸
梦中，老班长口令依稀
不敢回头
只任思绪抚摸
把青春埋葬
长出教育子孙的童话

志在空天

银河博大，是无垠的海
期待舵手远航
星辰闪烁，是耀眼的徽章
静候英雄飞翔
战鹰升空
就为主宰空天的梦想

浩瀚，深邃
激发雄鹰的理想
捍卫亿万领空
捍卫祖国尊严
捍卫人民空军响当当的名字
捍卫初心和蔚蓝的和平

虽曾饱受蹂躏
自从冠以人民的名义
翱翔，以雄鹰的意志
攻击所有的来犯
搏击，以绝对的忠诚
志在空天
更高，更远，更强

（原刊于 2019 年 1 月 1 日《空军报》）

春光无限

如流星，燃烧生命
短暂而辉煌
忘我的奉献
留下灿烂和光明
如春风
以温暖的怀抱关爱
融化所有冷漠寒凉
忘我的付出
种下春光无限

生命有限
为人民服务无限
雷锋，一个普通的名字
雷锋精神，平凡中孕育的伟大
时代最鲜明的精神坐标
是奉献和美好的种子
超越时空，春风所到之处
生根——开花——结果……
在这个春天
再次沐浴春光，播种美好
于是，春光无限

（原刊于 2019 年 3 月 11 日《空军报》）

因为有你

那曲安多，唐古拉，鹰飞不过的高山
望不完的荒凉与孤寂
梦想与激情绽放的深圳
数不尽的繁华和浪漫
卫国戍边，大爱无言
医者仁心，挚爱涓涓
因为爱所以爱
穿越世俗
把南国的相思豆
植入荒原的冻土
在雪山冰川的洁白里
融化成细流
绕石穿土
汇作九曲回环的大河
奔流到海
只为爱的方向

亘古的荒原
爱如五彩的经幡
安静古朴中招展着你的虔诚
你从南国走来
仰望唐古拉的旗云
你扎根边陲
守望昆仑山巅的圣洁
你安然入藏

如天山的雪莲花
芬芳了军营的岁月

蓝蓝的天上雄鹰翱翔
辽阔的藏区雪山为证
因为有你
边疆四季葱茏
因为真爱
天地万物感召

（原刊于 2019 年 5 月 19 日《解放军报》）

军 装

最能代表生命和希望的颜色
却最接近杀戮和死亡
生命浸染的色彩
包裹最美丽的青春
繁茂了世界和平
直面血腥的惨烈
晕染人人向往的平静和幸福

普通寻常的布料
因血性和勇敢的身躯
鼓荡永久时尚的骄傲
淬砺威武犀利庄严柔和的光
令整个世界温柔安详

用生命的质朴和正义的简洁
塑造青春的光荣和无畏
是皮肤，融会生命的担当
和平时，是温煦的清风
紧要时，是最锐利的钢刀
是最安全的那堵墙

风尘三尺剑，社稷一戎衣
只是通俗真实的描述
没有丝毫的赞誉和夸张

战　靴

以胜战的决绝
踏平一切障碍险阻
以打赢的豪迈
无所畏惧地前进
走出的每一步都是铿锵誓言
前进的每一寸都是国家尊严
抬起来，是战无不胜的旗帜
踏下去，是义无反顾的英勇
所经之地，是最具说服力的进取
用生命摁下印记
每一步都猎猎生风

子弹袋

以平静的慈祥
握紧呼啸的冲刺
母亲般把控冲动的孩子
以超重低音擂击最激越的战鼓
酝酿一场真正忘我的出击
小心呵护，时刻期待
离家出走后无所畏惧的致命一击
笑看最强悍的粉身碎骨
然后，一如既往的安详

腰 带

束起散漫
挺拔起不屈的坚强
把所有顾虑捆扎
笔直傲岸的倔强
扎紧信念和理想
扛起国家和民族的命运
义无反顾，走向战场
气血飞扬

军　帽

神圣和庄重不容置疑
顶起国家和人民的利益
鲜明昭示所代表的群体
戴，有规范要领
脱，有严格程序
放置，是庄严的承诺和致敬
整理着装
首先从端正立场开始
时刻牢记我们来自哪里
铭记牺牲奉献的意义

背包带

盘起，是紧密团结的一体
捆扎，让凌乱整齐划一
柔软得坚如磐石
绷直，是铁的标尺
丈量军令如山、不差毫厘
工具和武器之间没有过渡

迷彩服

最大限度的容融
包裹的身体成为环境自身
最真实的接近
为着最适时的剥离
使环境成为锐利的武器
战略战术均大隐于野
瞬时动于九天九地

挎 包

不是时尚搭件
却潇洒出举世的干练昂扬
陪伴最可爱的青春遍走天涯
承担军人最基本的保障
牺牲奉献路上
让生命绽放耀眼光华
洗洗涮涮
清清爽爽向战场
干干净净的灵魂
迸射战无不胜的力量

嫂　子

原本一个普通的称呼

走进军营，便与生死发生了关系

是兄弟间延伸出的一个怀抱

有着娘亲一样的重量和温度

战场同生死，情胜亲兄弟

家兄如父

一声嫂子，军营是比家更近的集体

有着比家更亲的团聚

能感受得到母亲的慈爱

感受得到姐姐般的痛惜

嫂子——

喊得出血和泪的亲情

喊得出生与死的情意

军嫂，与军营共生的母体

天空的骄傲
——献给空军成立七十周年航展

飞翔，凤凰一样轻盈
从容展示决胜空天的自信
豪迈而轻灵
欢快地仰天长啸
云朵情难自抑给予喝彩和掌声

搏击，鹰隼一样敏捷
优雅展示战术与技术
机械与技能的娴熟与威猛
犀利、果敢而睿智
云霞绚烂
天空情不自禁挂出勋章彩虹

起舞，在广袤无垠的蓝天
以祖国和人民的名义
展示空军的威武、强悍与自豪
告慰先辈，这盛世如您所愿！
和平是我们永恒捍卫的目标
天空为我们骄傲，见证

七十年，成长的艰辛与顽强
七十年，奋进的不舍与荣光
七十年，不变的初心与担当
七十年，从无到有，一步步走向辉煌

万里长征，这只是迈出的一小步
披荆斩棘，前进的旗帜永远高扬

（原刊于 2019 年 11 月 13 日《空军报》）

用爱迎接春天

一只无形的手，如同恶魔
把新冠病毒这种"蛊"撒到武汉
像黑色的风暴四处扩散
企图让英雄的江城乃至世界蒙蔽黑暗
企图用厚重的瘟疫霾瘴遮挡春天

你来了，春天就会来
八十多岁高龄的老人呀
像一面战旗冲在最前面
你说，疫情终将被战胜
不要恐慌，不必忙乱
还是稚气未脱的孩子呀
穿上天使的战袍，就勇往直前
你说，请大家相信我们
虽肩膀稚嫩但豪气如虹、骨坚如山
誓让病毒无处可遁，悉数全歼
三百多公里的路呀
骑自行车风雨兼程地往回赶
只为不让抗疫战线有一点缺陷
蓄了多年的一头秀发呀
为了方便抗疫果断决绝地削光
心中是多么的不舍，但毫不留恋
削发铭志，巾帼儿男
一天一天精心呵护的娇美容颜
被折磨得面目全非而无悔无怨

放下幼小的孩子，拥别新婚的爱人
辞别年迈的父母，拖着伤病的身体
你从四面八方奔向抗疫一线，向病毒宣战
你用倔强的身躯和高超的医术迎接春天

我知道
再狂妄的恶魔也惧怕天使的娇颜
妙手回春不是空洞的赞美
是你舍我其谁的义无反顾
是你谈笑间灰飞烟灭的踌躇满志
是你不破楼兰终不还的豪情壮志
是你矢志斩草除根完胜凯旋的铮铮誓言

我来了，春天就会来
虽然只是一名普通的民工
有了我，新建的医院就会早一天竣工
虽然只是一名快递小哥
有了我，急需的物资就能早一点到位
虽然只是辅警、门卫、司机、保洁……
有了我，阻击战整体战才会捷报频传
你冲锋陷阵，我踊跃支前
你为众人舍生忘死
我要不遗余力做点贡献
能做一点就必须做好一点

我知道
再无畏的勇士也需要武器
再勇敢的冲锋也需要补给

我只想尽绵薄之力做好坚强的后盾
以拳拳之心付出力所能及的给予
只有默契配合精诚团结
病毒才会无孔可入
春天必将如约而至

我们来了，春天一定会来
最热闹的节日
我们响应号召谢客闭户
最是举杯欢庆的时节
我们为你们祈祷，默然遥祝
最该享受快乐的时刻
我们暂停一切娱乐
用坚毅自信自律互助
送去物资器材食品蔬菜
送去信心毅力关爱支持

我们知道
再强大的敌人也惧怕众志成城
再狡猾的对手也惧怕人民战争
凡是病毒可能到达的地方
我们都筑起了铜墙铁壁
凡是瘟疫可能发生的罅隙
我们都严防死守彻底清除
我们以我们的身躯阻挡寒潮
以我们的热血融化冰冻
以我们的无畏遏阻狂魔

以战无不胜的人民战争

打赢这场前所未有的非常战役

以歼灭战的辉煌战绩迎接春天

迎接如约而至的鲜花、暖阳和笑脸

龟蛇舒展笑颜向英雄致敬

长江滔滔奔涌为天使歌颂

琴台深情告慰逝去的英魂

黄鹤楼迎风高歌，抒发最豪迈的诗情

东湖的水啊，笑嬉珞伽山樱花满枝

中华大地必将在骀荡的春风里

处处欣欣向荣，笑语欢声

（原刊于 2020 年 3 月 2 日《空军报》。获强军
网"众志成城战疫情"征文一等奖。）

我们始终在战斗

号令下，兵马动，雷霆万钧
疫情急，国有殇，众志成城

除夕夜，一声号令
瞬时完成集结，展开冲锋
没有纠结于亲情的撕扯
没有分神于团圆的温情
火神山医院刚刚搭建完成
早已排兵布阵，发起进攻
1400名战士，1000张床位
没有瞻前顾后，犹豫不决
没有左顾右盼，畏葸慌恐
只要给定了方向和目标
我们一定会用胜利为祖国庆功

汉口、金银潭、武昌医院等危重科室
湖北省妇幼保健院光谷院区
武汉泰康同济医院……
凡是需要我们战斗的地方
每个战位都有战士顽强的身影

15家重点医院所有医疗物资配给供应
各种的保障、服务、救治
……

1月24日，3架运输机抵达武汉
2月2日，8架运输机抵达武汉
2月13日，11架运输机抵达武汉
2月17日，8架运输机抵达武汉
还有源源不断的铁路、公路输送
一队队人员，一批批物资
闻令而动，战之能胜

不只是这次出征
不仅是抗击疫情
从1927年这支军队诞生开始
我们就始终在战斗
国军、伪军、日军、美军
所谓的联合国军……
还有腐败、保守
骄傲自满以及沉醉太平
还有抗洪、抗震、抗击非典
抢险救灾、反恐维稳等等
哪一次不是令行景从
不论什么时候、什么条件
不论面对什么样的敌人
我们永远是战士
我们始终在战斗
我们的骨骼上长着必胜
我们的血液中奔流着英勇

真正的军人
决不好战，但从不畏战

时刻坚守初心使命
时刻等待发起冲锋
时刻淬炼着制胜的本领
不论对手是强敌还是疫情
枕戈待旦的战士哟
闻战则喜，动若雷霆
召之即来，来之能战，战之必胜

我们一定会胜利
春风很快会吹散疫情的雾瘴
人们很快会在阳光下
酣畅呼吸，自由奔走，尽情欢庆
因为，我们始终在战斗
用身躯做盾
为祖国和人民捍卫幸福与和平
从不麻痹懈怠，从不骄傲居功

雨水已过，惊蛰渐近
暖阳日益倾城
胜利正疾步赶来
因为我们始终战斗的威力
能让任何敌人乖乖屈从

一颗子弹

出生就准备着牺牲
时刻等待
以壮烈的义无反顾
盛开对胜利的礼赞

意志、信念，坚定和无畏
以钢铁的冷峻表态
一生只有一个目标
一生只待一个号令
出发便是胜利凯旋
为粉身碎骨的荣光

当祖国标定了方位，军人
把军魂融进生命
以子弹的决绝，出征

（原刊于 2020 年 8 月 21 日《空军报》）

战 士

推十合一为士
当用“战”冠名
生死便被赋予特殊的意义
家国情仇融入血脉气息
生长铮铮血性
汗水和硝烟淬炼筋骨
在祖国最需要的地方
顶天立地，无畏生死

武器终将融入身体
身体锻造成了武器
终生保养擦拭
等待大义凛然的壮烈

（原刊于 2020 年 8 月 21 日《空军报》）

家国

第一声

JIA GUO

「心中炽热的情感〉
浇灌家园不忍回忆
的心酸」

「从脚下蒸腾的地气
中苏醒〉展现自己
的潜能和美丽」

真的好想你 ①

春天里
我喜欢缤纷的百花
思念冬日的孕育
亲爱的
我真的好想你

夏天里
我喜欢满地的芬芳
思念春天的奠基
亲爱的
我真的好想你

秋天里
我喜欢大地的金黄和饱满的果实
思念夏天的热烈激情和懵懂记忆
亲爱的
我真的好想你

冬天里
我喜欢澄明的天空和洁白的大地
思念秋天的思念和春天的生机
亲爱的

---

① 2014年11月23日，从以色列游学归来，
情至抒怀。

我真的好想你

一年中的四季
一生中的情思
我曾经不经意错过了春天的美丽
却奢望能拥有夏天的葳蕤和狂喜
我曾经迷茫地错过了夏天的成长
却奢望能拥有秋天的点滴收获和浪漫回忆
我曾经因自卑的傲慢没去收获秋天的果实
却奢望能在冬日里与你不期而遇
亲爱的
我真的好想你

我有梦
更有狂傲不羁的情愫
我心里永远有一个位置
住着永远美丽善良的你
我在天之涯
你守在我的心里
我在地之角
你长在我的心底
亲爱的
你我其实从未分离
真的，好想你

当春天的讯息来到
当夏天的热浪来袭
当秋天的树叶婆娑欢笑

当冬日的瑞雪漫天飞舞

亲爱的

那都是我日日的思念和默默的祝福

在我心里

我们一直在一起

亲爱的

真的真的想你

春 讯

偶一抬眼
墙角杀出一枝明丽的迎春
闪烁着积蓄一冬的黄妍
空中有雁阵滑动的气韵
飞翔得那么轻盈自信

风里是一丝细微的暖意
舒缓着大地苏醒的脉动
在碧透纯净的蓝天下远眺
树梢笼起一抹云烟
柳枝活泼泼地跳荡
老人眨动暗淡了一冬的
润泽邈远的眼

每个路人都汁水饱满
充满希望和强劲的步伐
像吸足养分的种子
等待渐近的暖风

万物都在期待欢腾的雨滴
急不可耐要焕发新颜

桃树还在沉默
酝酿引吭高歌的力量
梅花在骄傲地飘落

野草却不管不顾
于你不关注的角落
恣意徜徉

在通勤班车上

如风穿行于森林
在温馨与生计间蜿蜒
从晨曦踱进黄昏
披两肩朝霞出发
摇落一车星辰
道旁月季俯仰
致敬满蓄的希冀和精神
喇叭沉默
不理会呼啸而过的繁盛和悲辛
满枝黑鸟的沉默
仇视着一天的劳碌疲惫

时间在车厢欢唱
酝酿成散淡甜美的空气
思绪随音乐和景色
漫无边际游荡
从童年到死亡
从蟾宫到地狱天堂
欣欣然潜回万家灯火
转个弯就闻到了饭菜飘香

（原刊于 2017 年第 5 期《军事设施建设》）

山中孤寺

繁华都市之外
远离市声喧嚣
万木葱茏的山
植被苍翠牵回世人心韵
神圣笼罩山林

俗私的恩怨情仇
绾结起天际的祥云
几个沙弥持起佛珠
收纳一切不公、仇视和善心

木鱼声声
承接千载梵音

晨钟滋长更多欲念
暮鼓收拢百般污秽
执念唤起幻化的繁茂
膜拜掩盖无尽黑暗中的愆罪

舍利种到了山顶
都市楼宇中
延生祈愿索求和名利际会
祥瑞的佛光
照不进树下那片浓荫

一炷香
救赎所有孽障
抖落香灰
重拾自信
继续各种龌龊的行为

忏悔被鄙视成街角的乞丐
与闪烁的霓虹遥对
袅袅的经声迷漫
难掩世俗中聒噪的
商贩打折出售佛珠的声音

雨湿春分

春分的晨光
擦亮白杨的眼
燕子啼鸣
春韵的圆舞曲高潮迭起

明媚的阳光不敢恣肆
怕惊扰倾世的爱情
怕打碎温煦的柔丽
嫉妒成相思缠绵的雨

草木萌蘖的清香
醉了蜂蝶
散进心底的阳光
照亮生命的罅隙

浸润着相思的青松
细看
江南秀美的桥
雅致的伞
巷中丁香一样的女子
婀娜着韵律
把雨吮吸到生命根部

桃梨在甜梦中沉睡
随雨惊醒

不带一丝羞涩
湿漉漉随春风私奔

小河独自欢笑
像没心没肺的孩子
载一水浓情蜜意
抛下两岸轻歌曼舞
接一轮朗朗皓月
写一世生死相依

我独坐扁舟一叶
欸乃中啜饮青茶
看纸鸢高飞
低头沉思

你从未走远
——祭奠逝去的英烈

历史的长河中
你是最激越的浪花
中流奋起一跃
激浊扬清
激起万帆竞发
你升华为彩云
淡然天涯

漫长的黑夜里
你是绚烂的烟花
生命义无反顾燃放
撕开黢黢黑暗
化作路标导引前程
铺下一路芳华

人生的旅途中
你是最耀眼的鲜花
将生命浓缩成坚硬的碑铭
风雨中挺立不屈
日月下放射光华

岁月的四季中
你停留在春夏
浩荡春风　灿烂夏花

你永远潇潇洒洒
在世人景仰中歌唱
永远美丽刚毅
在亲人自豪中微笑
笑对秋收冬藏

你遽然消失
却从未走远
是离离的青草
奔腾的激流
是巍峨的高山
普照的暖阳
你的离去
只是暂时飞翔

你从不承认自己是英雄
却年年成长永恒和高尚
从来不曾远离
你是灼灼日月
永远住在人们心上

（原刊于 2018 年 3 月 18 日《人民武警报·周
末特刊》）

风中桃花

从诗经走来
娉婷妖娆，一路烟雨
几个世纪的光华
眼角眉梢汪一水柔媚

传说的魅力
在传说中持续演绎
嗔笑着娇羞
娇羞着妩媚
妩媚着艳丽

从诗仙笔端滴落
美丽所有文字
春天因你水墨而灼灼
恣肆摇曳
荡漾无数传说

春天这首诗
只需用这一个韵脚
一韵到底
别的韵都不需要
不会有任何乏味单调

（原刊于 2017 年 7 月 28 日《中国政府采购报·阳光副刊》）

端午祭

千年，只是个时间概念
却因一个人标定了道德标尺
你，守护内心的洁雅
纵身一跃
成了一尊精神雕塑
标定了儒者风骨

九章　九歌　天问
香草遍地
不沾一丝尘埃
点滴微尘都是对纯洁的玷污
家国情无法用言语述说
只有用身躯作为注解

念民生之所艰
叹家国之悲虞
心系苍生
正直担当纯真执着
溶入血液
每个细胞都跳动着
对国家的挚爱情思

粽子只是悼念的形式
龙舟追不过先贤的脚步
香囊启兆后人悟道

五彩绳乞求丈量精神的标高
拴住你两千多年前
定下的探索和踯躅

你的肉体肥沃了山川
骨骼硬如钢铁
长成比珠峰还高的山脊
灵魂是赤裸的纤夫
真真实实祖露在阳光之下
专心致志拉纤不止
身后的大船载着厚重的历史

万年后，雄黄酒依然绵厚清冽
如椽巨笔写不出魏晋风骨
橘颂颂出的阳春白雪
辉耀千秋豪杰
天问声声
定格纵身一跃的壮举
离骚的风雅
无法超越
你那份不容于世俗的美丽

你诘问苍天走过的路
每一步都那么高古
一个脚印踩出一个端午
一声诘问激起江涛汹涌
涤荡世间每一丝污秽
一丁点阴影都是沾污

沿着你的标高求索
循着求索的道路叩问
叩问在自责中进取
你的清雅高洁
是光耀千古的旗帜

爱就是美

这个世界上处处有美
只因为有爱

孩童的笑很美
美在纯净无邪自然天真
少年的梦很美
美在追求理想前程似锦
青年的奋进很美
美在朝气蓬勃勇于创新
中年的成熟很美
美在地远天阔睿智沉稳
老年的慈祥很美
美在山高水深笑看风云
人生就是爱孕育苍生善蕴红尘

高山很美
不墨成画，顶天立地默然任评说
流水很美
无弦抚琴，洗刷污秽包容不言悔
小草很美
柔弱不馁，点缀大地风雨见精神
自然就是美
不事雕琢，清水芙蓉俊

美述写着爱的个性

世上没有比爱更美的美
高贵着卑贱
也高贵着高贵

没有爱的美
空泛而卑微
比丑陋的丑陋更见丑陋
连丑陋都鄙视和憎恨

爱是充溢宇宙的美
恒星是永恒的爱
银河是更美的美
美为真而熠熠生辉
不在外表华丽
在蕙质而兰心

你的远行不是永远

离家的那一刻
就没准备活得太完善
大的利益永远超过小的家园
民族其实是家族的概念
心中炽热的情感
浇灌家园不忍回忆的心酸

你的远行不是永远
把执着带走
把痴情点燃
把理想折叠收藏
化为压缩积聚的能源
期待腾空一跃展翅空天
到天涯到海角
到地狱到天堂
都不会茫然

捷报频传抑或失意悲怨
欢欣鼓舞抑或泪流满面
不只代表单纯的情感
不只代表当初最美的心愿

曾经的愿望可能改变
曾经的恩怨能化为同苦共甘
过往的琐屑

如今，都会催化泪腺

你的决绝离开只是远行
并没真正走远
待鼓声响起
唢呐震天
为你把一杯酒，点一支烟
待高原不是稀薄的哀怨
重整行囊，勇往直前

毕业季

经过炉火煅烧和锤打
浑身火红灼烫
正期待壮烈的一潜入水
实现产品到精品
熟铁到真钢的腾跃
淬火的痛苦
是享受一生的成长快乐

多年寒暑冷暖
书本亦敌亦友
取决于你的意志和战法
老师亦师亦友
永远站在你的身后
孱弱的肩膀把你举过头顶
匍匐成路任由你踏踩前行
用燃烧的生命
遥祝你昂首阔步
桥永坚固，隧道光明

熟悉的一草一木
用过的一桌一凳
所视所感都生命旺盛
浸透离别的欢歌
盛满祝福的挚情

老师们那些经典习惯
同学间的悲辛苦乐
还有捉弄和玩笑
都引漫溢的眼泪长刺
刺到心上
长成友谊葳蕤的树
茁壮奋进高翔的鹰的翅膀

七一，一年中最神圣的一天

这一天，原本平凡之平凡
夜太黑，一丝光都难以看见
几个人，就那么几个人
不甘忍受暗无天日的黑暗
不忍在昏睡中死亡
早醒，呐喊
从遥远的欧洲借来一星火种
悄然点燃
酣然沉睡的上海
黑冷阴寒
小小的红楼难以挡住黑暗
这一点火种将窒息而亡
一个民族将浑噩而亡

从坚固的陆地
飘摇至晃晃荡荡的船上
这一丝但刺目的光亮
只要点燃
就撕开沉重的黑暗
映红一湖的希望
映出一天的光亮
光明鲜红的一艘小船
向着光明阳光的彼岸
艰难而无畏地飞翔

一艘船
因几个人划进了历史殿堂
几个人
因一艘船引燃火种
点燃了民族的希望
照亮了民族的明天
这一天
锤头向坚硬的黑暗勇猛击打
镰刀向黑暗的世界拼命砍伐
红彤彤的鲜血滚滚流淌
浇灌并生长着活泼泼的理想

这一天
承载着几十年，几百年……
自中华民族诞生以来的沉重
这一天
承载着国家兴替，民族存亡
几千年文明的赓绝续断
这一天
浓缩了无数人的探索
无数人的牺牲
无数人的追求和理想……
无数人用生命采撷了这点火光

湖水中点燃的火种
不惧怕任何风雨雪霜
锤头持续地锤击
镰刀顽强地切割

城市，农村
海岛，高原
草地，雪山
一点点，一片片，一团团
从每个人的心底
从每个角落，每个缝隙
火种终成燎原
把整个世界照亮

镰刀和锤头组成的图案
意志和理想的图腾
让"七一"
一个平凡之平凡的日子
成为最神圣的一天
伴着矢志奋斗和向往光明
到永远的永远
火炬熊熊
在心头和天边燎燃

（原刊于 2018 年 7 月 1 日《空军报》）

端午，思念一个人

端午，一年中的一天
家国情怀沉淀千年的结晶
龙舟竞渡的追赶拼争
是为了把九问拉平
然后橘颂就成为极其平常的俗言

一个人沿江吟哦，行行独行
居然什么也没能改变
包括自己的悲凄人生
在翩然一跃后
却钙化了应该被钙化的骨头
锻铸了民族的性情
从此，一条江因一个人而闻名
这个名字
馨香了大地的高雅
丰盈了文人乃至文化的内容

儿时端午的梦
孤标与高洁包进香粽
门楣上的艾蒿
抵御疾患，驱散蚊蝇
把所有污浊拒之门外
香草的香呀
用五彩绳系好
受用一生

原来这馥郁的香
从一个人的心脏发出
晕染了大地天空

端午是晨起的阳光
童真采撷露珠的晶莹
沉积几个世纪的道德情操
从晨曦到月升
永远玉洁冰清

端午的脚步是竞发龙舟
追逐遗世独醒的风骨
持续刺痛千年沉醉的迷梦
身永高洁，骨更坚硬
一尘一丝都不相容
彩绳是圣洁高贵的细缠密织
代代承接孝贤忠悌
阳春白雪，家国挚情
浸润儿女孙朋
传承永远传承着传承
绵延不绝，赓续无终

真爱总在无声处

春风柔曼
编个柳枝花环
为你戴上满心欢喜
感受勃发的生机

化春风一缕
唤醒群松春醉
一针新碧落你窗前
轻柔如同叹息
不忍惊你温婉的安眠

夏热慢至
默沏清茶一盏
待你浅饮解暑
折青莲一枝
为你遮艳阳一片

秋日早晚凉
攀附一掬秋阳
浮动爱意满腔
暖你周身舒畅
伴你花实间徜徉

冬天，我移身为墙
把寒风阻挡

让春天回来
你的生活不能有冬

这些我都想做
这些我都会做
这些我都做了
还有好多我想象着去做
只是爱你的一丁点

深爱一个人
有时会强迫自己深藏
百分的心，只表露万一
还有更多在来日路上
我有多爱你？
融汇在各个细节
看不见你的时候，最爱你

九一八之歌

沈阳，北大营
子弹的啸叫和凄厉的哭声
伴奏强盗铁蹄肆虐的欢歌
雄鸡垂泪
128 万平方公里
怒火在地下奔腾
燃烧在《松花江上》
呜咽淹没每个同胞
血性奔突在每条血脉
低吼，复仇之火熊熊

卢沟桥，太行山上
128 万，960 万
眼泪滔滔
热血沸腾
汇聚成《黄河》怒吼
四万万身躯
植下遍地《青纱帐》
河流山川高唱《游击队之歌》

抗战，中华民族
赓续存亡的生命之搏
八年到十四年
为无数亡灵哀悼
国旗每天升起

鲜血立在风口
向蓝天白云飘扬
以火焰的姿态高歌
冲锋固化成性格
祭奠纪念碑的肃穆
《义勇军进行曲》
唱成一个国家的意志
国歌之下
所有华人《歌唱祖国》

铸剑为犁，干戈玉帛
警惕的目光却遍布领海、领空、领土
紧盯边境线每个角落
一草一木都是上膛的子弹
随时高歌冲锋

国旗下的公祭

明天是国庆节
中华人民共和国正式成立的日子
明天是国庆节
全世界华夏儿女欢庆歌舞
欢庆新的世界新的生命新的肇始
明天是国庆节
您们，一定是您们
也在欢庆，在遥远而切近的泉台
含笑歌舞

这一天，多少人为了这一天
毅然决绝地含笑赴死
这一天，我们
所有活着而欢欣的人
头顶蓝天，脚踏大地
在国旗下
在您们鲜血浸染的旗帜之下
以中华人民共和国的名义
以所有华夏儿女的名义
以我们现在所拥有的全部幸福和尊严
祭奠
祭奠为此付出生命的英烈

纪念碑
巍峨耸立

是您们倒下前倔强的身姿
是在您们倒下的地方崛起的山脊
是您们倒下后还高高挺起的脊梁
是您们倒下后大地感动的隆起
是您们鲜血浇灌下生长的民族意志
……

纪念碑
沉默不语
以沉重肃穆的庄严
告诫
今天是无数个昨天前天的累积
今天是无数个风雨如磐的堆砌
今天是无数个志士仁人的奋争
今天是无数个战旗猎猎的痛击
是无数次的长途跋涉
无数次的艰难探索
无数次的浴火重生
无数次的灾难洗礼
无数次的生命奠基
……

这个话题
沉重得无法用语言和文字表达
只有肃穆
肃穆是最郑重最庄严的告诫

纪念碑

不只是纪念
是先烈精神浇铸的旗帜
昭示一个民族的辉煌奋进
一个民族的抗争不屈
一个民族的绵延赓续
一个民族的血性和骨气
一个民族魂魄中高啸的呐喊
一个民族基因中最顽强的根须
……

祭奠
这一刻山岳低头
这一刻大海呜咽
这一刻天空静默
这一刻大地沉思
……

这一刻，国旗迎风猎猎
向您们大声倾诉眷恋相思
这一刻，黄河滔滔奔流
向世界宣扬不朽的传奇
这一刻，国歌雄壮豪迈
从共和国的领土领海领空发出
在宇宙间回响汇聚
汇聚成千年不绝的复兴
汇聚成高歌猛进的进击

这一刻
儿童的歌声清澈如水

儿童的眼眸明亮如炬
稚嫩的声音延伸着坚韧
如炬的眼眸燃烧着正义
睥睨着强敌

祭奠
以人民和国家意志凭吊
逝去的英灵永远写在国旗之上
每天哀悼，以迎风招展的雄姿
以人民和国家意志告慰
英雄的业绩永远铭记
铭刻在每个后辈的骨骼
流淌在每个儿女的血液
遍野鲜花处处笑脸是最好的悼词
以人民和国家意志宣誓
脚下的土地
头顶的蓝天
军舰巡弋的蔚蓝海域
永远飘扬共和国的旗帜
我们永远脚步铿锵溢满幸福

祭奠
以沉默和哀悼的方式
唱一曲誓言铮铮的雄曲
以缅怀和追忆的方式
述说永续的精神和品质
以颂扬和致敬的方式
高擎旗帜自强不息

英烈在国歌陪伴下安眠
我们在国歌节奏中进取
巍巍青山，幽幽绿水
是您们最欣慰的颔首
是我们最诚挚的坚持
最坚定的脚步

长白山天池

一千多年前的冲动
轰轰烈烈
勃然雄发
崛起直指苍天的英姿
龙兴之地
留下多少英雄传奇

天地间
镶嵌晶莹的玛瑙
标示高贵纯正
暖时碧翠高雅
冰冻粉白纯粹

一池碧波仪态雍容
以自然蛮荒的大美
抛下千尺瀑链
抒万顷豪迈

静若处子禅修
瞬时雄狮怒吼
镇守北国
威视苍茫之外的
北方之北，东方之东
永远以纯净的眼睛
满含柔情，雄视

掌声的誓言

——写在党的十九大闭幕之际

掌声阵阵

排山倒海

在擘画中华民族

建设发展的伟大蓝图之时

从每个人的肺腑发出

响彻这个国家的每寸土地

讴歌蓝图

讴歌伟大蓝图上的建设成果

讴歌描绘蓝图的伟大集体

掌声阵阵

是北斗的耀眼光辉

是神舟的精准飞翔

是天宫的优雅身姿

是蛟龙的执着深潜

是辽宁号悠然出航

是歼-20 的潇洒起降

是 C919 自信沉着的展翅翱翔

是粮食产量的一次次刷新纪录

是国产品牌的一个个傲人成绩

……

掌声阵阵

三千多双手

以八千多万人的心愿
凝聚十三亿多人的意志
团结起所有的力量
把辉煌的成绩
不断作为新的起始
以不忘初心的锐意进取
规划持续的辉煌轨迹

明天
更快的速度
更强劲的动力
更光明的道路
复兴号风驰电掣
以百倍的信心和勇气
百倍的刚毅和进取
百倍的智慧和担当
向复兴冲刺

掌声阵阵
是欢歌声声
是催征战鼓
是疾行的足音
是纤夫的号子
是中华民族前行的口令
和奔向宏伟目标的宣誓

掌声阵阵
十三亿人民信心满怀

坚定而沉着
在伟大的蓝图上书写
书写让世界惊奇的伟绩
掌声阵阵
阵阵响起

（原刊于 2018 年 1 月 21 日《人民武警报》）

梦幻之城特克斯

天堂般的梦幻
集山之刚气
川之柔顺
水之盛脉
璀璨而源远的八卦堪舆
是圣洁的雪莲
盛开在伊犁河上游
特克斯河谷

观光塔之上
置身八卦迷宫
玄奥的极致之美
又平易素朴至简至易
六十四卦
三百八十四爻易经数理
从千里之外羑里之囚
落地生根
幻美
世界最大最完整的八卦之城

驰骋几个世纪的天马哟
吟歌张骞的赤诚
成吉思汗的剽悍
塞种人、大月氏
乌孙人疲惫的游移

从喀拉峻草原
俊逸奔腾
飞翔在喀喇汗
察合台汗
蹄下盛开辽远悲壮的传奇

野山羊
粲然在雪莲花海
苍鹰傲慢着祥云
沙木沙克小刀
笑迎无羁的风
长春真人孤独静修
阿克库勒湖
荡漾过客英雄不甘的啸歌
鲜花随季节流动
游刃于坎北、离南
震东、兑西

八卦后天图
博爱在宇宙中心
八条辐射的街道
四条环路相交
乾兑离震巽坎艮坤
神奇迷宫般路通街连
天地交而万物通
上下交而其志同
古今相交啊
厚重的玄道与蛮荒自在

贯穿野性苦修与纯粹圣灵
梦幻之美是历史的召唤
天地萃取了人文
边陲传唱旷世经典
醉倒每个问道的灵魂

一树秋黄

阳光跳跃
敏锐于每片叶子的爱情
积攒了几个季节的敏捷啊
感动,洋溢一树童话
矜持地表达
彼此迎躲坦荡而又敏感的目光
波光潋滟

好奇,闪烁在风的唇边
几个世纪的寻问
枝干与每片叶子交流

笑,清脆纯净的河流
醉倒在时序轮回
清澈无邪的童稚
挣脱大人的怀抱
以天真烂漫
蹒跚进无辜的西风
笑落一树秋黄

听 雪

是仪仗和皇辇吗？
那么的威仪铺张
一路走来
把世界清洗涤荡
以怀柔之真诚
包容下意欲包容的一切
告诫，不是一般的照会
呼啸，以亲善的决绝扫荡

神采奕奕
铿锵着自信的优雅
一步步走近
大地震撼的回声
震耳欲聋

竹笋探头笑了
迎春顶着芽苞笑了
木棉站在远方
笑得天地亮亮堂堂
为你的脚步伴奏
一路的笑声

你来，原本低调内敛
风却暴露行踪
河流一如既往地配合

沉默中酝酿咔嚓嚓的爆发
山林耐不得寂寞
咯吱作响，伸展膨胀的诗情
意气风发
春天在脚下蓬勃

那冰彻寒天的冷呀
护送春的使者
奔突于大地之下
不安分也不懵懂
挤挤挨挨，嘻嘻哈哈
洒下一路艰苦和欢欣

来了，那么执着
带着山谷的回声
梅花疏枝丽影
逊了青松浪漫的冲动
奔波，从从容容
从坚硬的树梢上
从暖暖的云端
从脚下蒸腾的地气中苏醒
号叫凛冽
打着冬的旗号

大地披上盛装
山川装扮成老妪白翁
你扯我，我牵你
相携相扶，讲述世事洞明

轻盈的沉重
万马齐喑，奔腾
以严明的军纪夜袭
早已急不可耐
奔涌，按捺不住的激情
多么美妙的交响
天空大地为之欢腾

谷 雨

雪义无反顾地走了
霜也拍拍屁股，头也不回
走一个干净利落
偶尔
在春的尾巴尖上挤眉弄眼
假装出留恋的多情

雨，迫不及待
大大方方粉墨登场
把春天赶走
酣畅淋漓
以主人的姿态滋养百谷
呼出一个生机勃勃的世界

燕子兴冲冲飞来
与杜鹃赛歌
带着衣锦还乡的自信和安逸
春天依依回首
与天空和大地作别
用特有的魅力
期许下次重逢
天空频频挥手
一脸明丽的灿烂
任风去追赶相送
大地奔忙而无暇相顾

认真收拾悲壮的春红
精心裁剪鲜艳的夏装
肆无忌惮
展现自己的潜能和美丽

走的走了，来的来了
来的也会走，走了还会来
每个季节都短暂而匆促
但辉煌、美丽抑或不足，只属于自己
每一个都无可替代
每一个都有理由绚烂恣肆

（原刊于 2018 年 6 月 12 日《空军报》）

想你的时候

想你了
春风很暖
所有的花儿全开了
慢慢地就到了夏天
鸟儿歌唱
为每一秒的美满

想你
雪花会飘下来
轻轻的，不弄出一丁点声响
整个世界都柔和温馨

听得到风声，雨声，还有鸣蝉
调皮的空气
以幸福的心情，鼓动树叶
悄然传送幸福的消息
云也来了

我还在春天里
默默想你
等待秋天和你

立 夏

立，山一样的雄壮
威风凛凛
在夏的门口，劈面而来
树起一个高标
标识你的个性和强悍
以毫不动摇的意志
刹住春的小资小调

是唢呐的一声长啸
丝竹慢弦
瞬间切换了锣鼓喧天
为夏的登场写下最恰切的铺垫

多么霸气的角色
即将出场
所有的所有都拭目以待
这是何等的威仪和气魄
夏了

纯洁的早晨

鸟儿在歌颂晨露
晨露逗弄着熹微
熹微悠闲地散步
脚步惊醒风儿飞翔

微风穿行于绿叶
晨露在绿叶上跳荡
绿叶为鸟儿鼓掌
曦光却羞红脸庞

雾岚偎依着大地
大地握手朝阳
我从黄昏走入晨光
披一身轻松的勇敢
揣一腔纯洁的善良

改革开放四十年的蝶变（组诗）

腾　飞

穷则思变
以五千年的文明积淀和近现代的不屈抗争
拨乱反正
以卓然的智慧和无畏的决绝
于是各就各位
以科学的秩序和冲刺的姿态
奋起直追
为镰刀锤头组合的图案和曾经许下的诺言
于是，激情，能量，科技，血汗……
以最大的动能和加速度迸发
世界为之感奋
古老的大地瞬时年轻

崛　起

目标是设定的超越标尺
标定的诸元不断校正
向着一个个新的既定目标
接力，每一棒都竭尽全力
让时间追赶速度，既有的都是过去
四十年，时间置换了空间
在多个可能的维度
跟跑，并跑，领跑

陆、海、空、天，宏观、微观，
具象、抽象，物质、意识，外在、内在，
硬实力、软实力，……
都只是阶段性概念和暂时的评语
于是，便有了摩擦和敌视
于是，一定会有新的奋起
于是，以喜马拉雅山的体量和高度
以五千年赓续的坚韧和顽强
持续崛起
为此后的新的五千年文明绵延

守　护

和平是个易碎品
但是，和平是腾飞与崛起必配的托盘
一群生命用生命看护，时刻
把和平和稳定守在胸口
让建设与发展心无旁骛
在忍耐中，以赴死的决心
鹰隼一般注视一切强敌
坚守，在任何需要的位置
忘我，是自豪的资本
和职业荣光的本质
牺牲，为生者的尊严和幸福

忠　贞

为了国家利益和人民幸福

为了社会发展和民族崛起

为了捍卫伟大的复兴

随时，可以随时献出生命

不怕牺牲，视死如归

随时，以镰刀锤头的旗帜为指引

随时，以这面旗帜的方向为方向

随时，以热血增添这面旗帜的荣光

随时，以鲜血铸就的信念

以生命书写的信仰

以绝对忠诚，守护这份神圣的使命

忠诚不是随时，是永远

永远的绝对，绝对的永远

忠贞，这是伟大的党

以彪炳史册的伟业

为这支军队注下的强悍基因

必须拥有，不容置疑的绝对

（原刊于 2018 年 12 月 2 日《人民武警报》）

永远的青年
——五四青年节感怀

一阵风，掠过水面
掀起美丽的波澜
扩散，飓风席卷耻辱和强权
一代青年，爱国激情点燃
熔岩在海底酝酿
喷薄，掀起波涛
让世界震撼

过去了，一百年
其实与时间无关
一代人有一代人的使命
挚情与热血，永远
永远点燃冷漠、愚钝和平淡
青春这一支火炬
燃烧今天，照亮明天

光明，从心底引燃
光明，闪耀整个尘寰
其实，激情与年轻无关
有爱，有自由，有春天
在夏的丰盈与饱满
秋和冬，只能认真收敛
青年，是一个概念
是心中的爱和憧憬

是拼搏、奋斗和不甘
不甘屈辱和平凡
是人类向往美好的至归
是最真挚情感的复元

五月四日啊
原本只是日历上的数字
是普通得不能再普通的一天
五月四日呀
火炬熊熊
明天，后天
今年，明年，青年
心中驻下春天，青春便会永远
自由可以让宇宙旋转
进取，追求爱的宽广和明艳

祖国，我想对你说

我想说，我爱你，我的祖国
五千多年风雨如磐
仅七十年，你再次惊艳世界
镰刀锤头组合，华夏大地便从苦难中涅槃
聚合起空前的意志力量智慧
聚合起五千多年积淀的不屈顽强勇敢
聚合起为全人类的那份担当执着拼搏

渤海黄海东海南海……黄河长江珠江松花江……
泰山黄山长白山高黎贡山……
青藏高原云贵高原华北平原关中平原……
所有城市和乡村，每一寸土地和水域……
都在歌唱你的伟大辉煌，称颂你的发愤图强
吟哦你的艰辛沧桑，赞叹你日新月异蒸蒸日上
七十年，从满目疮痍化作绿水青山
七十年，从饿殍遍野走进幸福小康
七十年，从一穷二白跃升到让世界瞩目
七十年，华夏九州地覆天翻，各族人民幸福欢唱
中华民族的伟大复兴好梦连连
世界第二大经济体，前进的步伐矫健豪爽

我在天坛追思，在圆明园慨叹，披"卢沟晓月"
从天安门远眺康庄大道前程无限
祖国啊，我要向你倾诉：我爱你，中国！

我们永远在路上

80 多年前，血雨腥风中那群最优秀最勇敢的人
以孱弱的肩膀，背负起民族的希望
向着光明的未来
一直走，一直走……道阻且长
湘江、娄山关、腊子口……雪山、草地，围追堵截
以坚定的信念、顽强的执着
在风雨中走来了阳光，从险恶中走到了辉煌
从江西瑞金走到甘肃会宁，从延安走到西柏坡
从西柏坡走到北京，从北京出发，继续走啊……
继续着那份坚定、那份顽强……那份
"征服一切困难，而决不被任何困难所征服"的坚强
从几十个人走成了 8000 多万
从筚路蓝缕走到了富裕小康

站在湘江岸边，滔滔江水呜咽着欢唱
站在宝塔山顶，烈士生命铺就的征途洒满阳光
一直走，一直走……一直勇往直前
把困难踩在脚下不是因为有牺牲，而是最精微的思想
坚持一直走下来、走下去，不是因为有精壮的队伍
而是作为先导的那红旗啊，弹孔累累却永远指向希望

世界上最奇异的一次运动
两万五千里，只是迈出的第一步
毛泽东用词赋将走过的山脉河流装订成史诗
封面写下振聋发聩的名字：人间正道是沧桑

那面红旗的旗杆啊，是一把精妙的手术刀
在这古老的大地上完成了伟大的剖宫产
古老的民族用青筋如龙的手
捧出自己的婴儿，伟大的中华人民共和国
婴儿在风雨中蹒跚站起，然后咬着牙坚定顽强
背负着民族的希望，向着光明的未来
一直走，一直走……道阻且长

倾听，春天的脚步

春风、春雨，春天来了
和煦的风抚慰一切
细密的雨撞击冰雪
大地蓬勃着向上的激情和意志
每丝空气都充满欣然的张力
每个鼓胀的芽苞都致敬年轮
每条柔软的柳丝都欢送寒冬
清亮的河水唱起欢歌
自然的迎宾曲雄健激越

从冬天走来
品尝了艰辛甘苦
所有困厄磨难
消融于蒸腾的复苏
磨砺后的生命自信迎接任何风雨
春雷阵阵，驱逐寒冷消遁
燕子翩翩，为美好时光起舞

春天啊，茁壮起所有激情
展示风和日丽的骀荡雅致
辽阔高远的天空
生机勃发的大地
召唤夏丰秋实

（原刊于 2020 年 1 月 1 日《空军报》）

今年，这个春节

给爸妈的衣服买好了
给孩子的玩具买好了
给晚辈的压岁钱备好了
车票更是已早早订下，可是
因为不该来的来了
疫情把人关进了牢笼
在有限的空间厮守，每个大脑
都比哲学家还要活跃和深刻
用尽一生的闲暇
认真思考人与自然的因果

酒备好了
食材备好了
年夜饭菜单已多次推敲，相约
在外奔波的都将回来，可是
疫情急迫，城封路断
除夕夜，孤独自酌
这杯酒
能否饮尽全人类的苦涩

婚纱租好了
新房早已布置停当
2月2日，约好了登记领证
婚宴的酒水已安排妥当
连请柬都发出去了，可是

新冠肺炎，这个"新"呀
以它自己也不情愿的方式
闯进这个婆娑世界
彻底打乱原有的秩序
厚重的阴翳压制了幸福和欢乐
一部分人冲锋，掩护大部分人后撤
说好的白头偕老却变成阴阳两隔

今年，这个春节
新冠肺炎的不期而至
如一把刀，将人生切割
前半生和后半生，以此为界
如一杆秤，将生命权衡
有的高尚，有的卑劣
如一面镜，将灵魂映照
有的干净，有的污浊
如一声雷，将人们惊醒
不论原本是那么宽厚，可是
再仁慈的上帝也会展示怒容
如一老者，谆谆告诫
道可道，名非名

孩子，你弯下腰是那么高大

一个两岁的孩子
发烧、咳嗽，住院四天
2月22日，出院时
向照顾你的护士长
恭恭敬敬鞠躬致谢

孩子呀，你这一弯腰
温暖了寒冷的冬季
融化了积存的冰雪
感动了这个世界
都说孩子的心是透明的
你弯下了腰
小小的身躯却高大得
遮挡了所有阴翳和误解

护士长也深深弯腰
鞠躬还礼
多么自然温馨的深情一别

被救护者
与救护你生命的天使
原本纯粹神圣的情感
原本纯朴自然的礼节
可，天天面对生死的他们
和芸芸众生的我们

都被这彼此的一弯腰
感动得暖流涌动，涕泪滂沱

真诚能够感化一切
理解能够消融隔阂
感恩是化解一切瘀滞的良药
不论有多少凄风酷雨
心中有阳光总能照亮世界

相约春天

一句祝福的距离
为了见到你
几乎用尽一生的气力
为了"团圆"两个字
我们跋涉着经历了生死
冬天，原以为只是个笑话
却霸道地要挤占春天的位置

雪那么大，那么厚，那么密
踏着积雪往前，一直往前
击败肆虐的病毒
驱逐疬疫的拦阻
高唱着《长江之歌》
一步一步走进春光里

从小雪到了冬至
从小寒到了大寒
都立春了，你还在蓄积力气
迎着向阳的方向，左冲右突
雨水过了是惊蛰，春分了
拨开疫瘴，昂首阔步

春天啊，你是绅士，是勇士
轻拂衣衫，神采奕奕
不屈不挠，魏晋风骨

经历了这个严冬的淬历
花木繁茂，春风和煦
每一个呼吸都透着甘甜
酣畅淋漓
每一张笑脸都露着坚定
踌躇满志
每一丝空气都清明温馨
每一步都踩着春雷
坚定勇毅，勃勃生机

（原刊于 2020 年 3 月 16 日《解放军报》）

怒放的早樱
——写给只有 29 岁的夏思思

清晨 6 时 30 分，你走了
生命，定格在
29 岁 9 个月零 20 天
此时，武汉的街道凄冷
武汉的天空阴沉、迷蒙

2 岁的孩子还在梦中
他一直认为你在加班
在救死扶伤，挽救生命
不知道你被病毒击倒
撇下他，孤独远行
也许，他梦到了你
在亲吻他的额头
却不知，你在阴冷的清晨
楚楚远行，生命之钟啊
停摆在这个冬春之交的夹缝

家人还在为你祈祷
你却无奈地踏进了虚空
再回头看一看年迈的父母吧
他们虽然和你从事同样的职业
理解你的付出，但不能接受你
如一株早樱，凋落在春寒之中
你是否又穿过儿时走过的路
想再牵牵妈妈的手

为爸爸整整衣领
你一定在江边反复徘徊
茕茕孑立，不忍远行

天天期盼归队的丰盈生命
忽然变成一个干瘦的数字
排在那队冷漠的行列之中
往另一个世界踽踽而行
你用尽全力，却无法留下
在这个冷清而悲怆的季节
黄鹤已去，白云垂泪
江水在打着旋儿哀鸣

你一定在樱树下踯躅
想着快乐幸福的曾经
看着那花蕾，却等不到天明
夜空多了一颗含泪的星
目不转睛打量这人间
打量苍生在与疫情抗争
你走后，孩子会多一个爱好
他会经常仰望星空
寻找属于你的那双眼睛
他也许会问
你怎么走得那么匆匆
身后撇下美丽的江城
长江泪奔，静默无声

战斗就会有牺牲

何况病毒是那么狡诈狰狞
你是冲锋中倒下的英雄
和你一样倒下的，还有许多
大家为你们惋惜，为你们哀痛
其实，大家知道
英雄的光环下
是你们失去的鲜活生命

你走了，爹娘的白发陡生
他们的余生没了春夏，只剩秋冬
他们会看云是你
看树是你，看花是你
看鸟是你……
别人的生活有喧闹和阳光
他们的世界却漏雨跑风

东湖杨柳依依
琴台弦乐淙淙
武大的樱花开了
你是那朵怒放的早樱
在春雪中随风凋零
落入泥土，飞向天空
化作春雨潇潇、春雷声声

生日快乐

这个生日好特别
爸爸只能站在门外
为你唱一首生日歌

这个生日好特别
在新冠疫情之下
作为医生的爸爸，爱你
同样爱无数像你一样的孩子
爱无数受到疫情威胁的人
因为太爱你，因而
不能和你在一起

今天是你的生日
祝你生日快乐
只能匆匆赶回家
站在门外，为你唱首生日歌
祝你健康、幸福、快乐
然后，再匆匆赶回医院
用智慧、心血、汗水
甚至自己的健康和生命
换取患者健康、幸福、快乐

一块土地，原本荒芜贫瘠
一茬茬青春浇灌
成长起勇猛、文明、执着和忠诚

从脚下蒸腾的地气中苏醒
展现自己的潜能和美丽

豪饮一杯家乡的土酒
结结实实醉在乡愁的梦乡

来不及表达的思念
注定会在料峭春风中开花

2020 年的元宵晚会

舞台是那么恢宏
演员阵容强大齐整
灯光、舞美、音响、背景……
都精美绝伦、俭朴隆重
每名演员都全身心投入
每个节目都精彩纷呈
每句台词都饱蘸情感
每一个字都撞击心灵
每幅画面都饱含感伤
却充满力量，充满激情

一年一度的元宵之夜啊
最是吉祥欢庆、笑语连声
本该座无虚席、摩肩接踵
可是，今年，疫情笼罩
黄鹤楼被口罩遮上了面孔
史无前例，绝无仅有
舞台之下，座位空空
偌大的一个剧场啊
空旷中挤满不屈的斗志
死寂下潜藏着海涛般的奋争
看不到一个观众，却能
听到亿万颗心为疫区人民祈愿
听到雷鸣般的呐喊

听到山呼海啸的冲锋
空旷的剧场是最具极限的容量
融汇全国人民的热血
让整个舞台春潮涌动
凝聚中华民族众志成城
14亿人携手并肩
战胜疫情，沐浴春风

匆促的流星

彭银华，医生，29 岁
李文亮，医生，35 岁
夏思思，护士，29 岁
……
何辉、俞关荣、许鹏……
江寿昌、林红军、曲巧明……
医务人员、志愿者、普通群众

近三千个被病毒叫停的人生
昨天还活着，热气腾腾
今天已离去，孤寂、冰冷
也许化成了一滴水
落入滚滚长江
或许化作一缕烟
飘散，或盘旋
在布满疠疫的上空

放不下
年迈的父母、年幼的孩子
没发出的新婚请柬
还躺在抽屉之中
妻子有孕，才 6 个月
有的生命啊，太过短暂
还是个年幼的儿童
有的，全家人，几天内

接二连三，陆续凋零

昨天，一个个鲜活的生命
今天，以数字的形式呈现
苍白、孤寒、冰冷
每个数字都有一串曲折的故事
每个数字都有许多牵肠的事情
每一个都走得那么匆忙
充满了依恋、不舍、抗争
对这个世界有无尽的痴情
憧憬着去领略春景夏花
生命却戛然止步，如流星
滑落在凄寒的夜空

每颗流星都那么匆促
短暂绚丽的光芒
灼人的眼睛，倏忽间
滑向黑黢黢的远方
如一把剑
刺得人心里很痛很痛
明天，还会有哪颗流星
明天，那颗流星
会刺伤多少人的心灵
我看着天空，注视着黑暗
心念着流星

写给五月

风，从冬季来
踩着坚冰和泥泞
平平仄仄，撞进五月
留下不太合辙的韵脚
悲凉凄婉的辞章
饱含几个月来的不屈和抗争
依稀缥缈成大江东去

这个五月，与往年不同
隔着一米左右的安全距离
树木花草依旧绿得恣肆
怒放着顽强的希冀
用生命和赤诚认真倾听
震耳欲聋的跫音
前进的每个脚印
都是山峦丘壑

花开祥瑞，尽力释放
压抑已久的悲辛，向着暖阳
写下长短错落的诗行
给五月，给自由的季节
给追求自由和健康的人
寒冬侵占了太多春光
花朵却更见芬芳香醇
捂着口鼻，更需要

尽情享受岁月的美好

雨，是季节的精灵
早已参透前世今生
淅沥成活泼的小令
为蓬勃的季节吟唱盎然生意
落地是震惊文坛的断章
问候九月秋收的激扬

（原刊于 2020 年 5 月 1 日《空军报》）

故园

第三声

GU YUAN

「豪饮一杯家乡的
土酒＼结结实实醉
在乡愁的梦乡」

「心底蓄满亲情的
海＼面前永远闪耀
着一轮太阳」

秋

枫叶
秋风从远方寄来
写满了春天的故事
我的泪
是最热情的掌声

白桦的树梢
挂着牧民的歌声
和四季的逍遥

夕阳
收起半天的彩虹
藏在雪白的毡房边上

哈萨克姑娘
忘了回家的路
放牧的爱情
在金色的森林和湖畔酝酿彩虹

奔马的云彩
把雪莲写在天上
南方的雨巷
那把油纸伞
飘向了北边未知的远方

旗袍和粗犷的牧人
都在北飞的雁的肩上
果子沟，彩云追着羊群流浪

我的家
到底在赛里木湖的哪一方

纳木措
那个神奇的地方
不见了晴冷高远的月亮
山南一定是湖水的北方

（原刊于 2016 年第 11 期《军事设施建设》）

有雪的黄昏

有雪的黄昏
就着一盏灯
在诗意的窗外
氤氲潜藏的至爱亲朋
依着心中的炉火
肆意燃烧久不问津的思念

雪花是只只鸿雁
传递忘却了的问候
一片片融化在情感的海

一杯家乡的醇酒
浇醒蛰伏的欲念
偎在母亲的怀里酣睡

窗外是儿时堆起的雪人
胸中点燃乡愁的诗章
陶醉在终日欢欣的寂寥

有雪的黄昏
茶是过期老友
雪花是最好的酒伴
对饮成家宴的温馨

所有的儿时伙伴都在
举杯间纵情狂欢

（原刊于 2016 年第 6 期《前卫文学》、2017
年 1 月 13 日《中国政府采购报》、2017 年
第 1 期《军事设施建设》）

孩子，你是一棵白杨

春风绿了
你正悄悄成长
夏麦黄了
你已拥有理想
秋风吹来
你直指苍穹
优雅着为父母歌唱

有了冬雪
你伟岸着经受严寒
有了暖阳
你感恩着汲取滋养
溪流潺潺
你的品质是父母的高尚

百鸟欢唱
你梦想飞翔
为了生命中的阳光
迎着风雨
坚毅潜滋暗长
面前永远闪耀着一轮太阳

孩子
晴天下有雾霾肆虐
寒风吹不去温煦冬阳

暴雪覆压残枝败叶
挫折磨砺甲胄武装
你永远是如歌的白杨

根深孕育枝茂
风雨雕琢翅膀
所有枝杈都是你的风景
所有根系都是你的营养
自然的击打剥蚀
深植下勤耕细耘后的欢乐鸣唱

孩子，你是父母心中的白杨
天南地北都是你的家乡
瘠地沃土你都能茁壮成长
如歌的白杨

（原刊于 2017 年第 3 期《橄榄绿》）

乡 愁（组诗6首）

（一）

亲情在故乡的泥土上发酵
随岁月疯狂生长
长成情感的囚笼
数度挣扎着窒息
在抵抗与陶醉中撕扯

爱的植被
蔓延为情感的地狱
自觉在地狱中疯狂
毫无理智地决绝
毫无缘由地悲伤

乡土上的庄稼和炊烟
是游子情感的天堂
时时穿越，在天堂飞翔
童稚和亲情复活中疯长
心灵自由快乐地徜徉

白天黑夜的梦呀
突然会从眼前场景入梦
多少次又从梦中醒来
如同多少次在哭中入梦

离家后，心底蓄满亲情的海
乡愁，是这海里鲜活的鱼
岁月的水流带着无尽的营养
而思念是诱人的饵

（二）

我跑过长街
金属乐声的河岸
传来一声遥远的乡音
灵魂剧烈震颤
村头的老树劈面来临

我走过深巷
喧嚣市声的缝隙
飘来一丝戏曲的尾音
是大伯的泣诉
苍老的面庞
沟壑累累

啜饮在夕照的阳台
天边跳出燃烧的彩云
儿时的傍晚呀
奶奶唱着儿歌哄我入睡

踯躅于孤单的立交桥
眺望远方的田野
雾霾中炊烟沉沦

疾驰的车流是成群的飞鸟
浩渺的湖水干涸成梦中的云
我背着儿时的山水
满世界野蛮生长
乡音轻声一唤
瞬间瘫软崩溃
灵魂浮躁着酣睡
田野的庄稼下
蔓延僵死顽强的根

（三）

风吹瘦了四季
鼓胀着理想
我背负故乡的老宅走向四方
家被我奔波成了远方
而远方
依然是我未曾抵达的地方

父亲倔强成院中的那棵老枣树
一双枯枝的手
终年修补残颓的围墙
比岁月还要沧桑的脸
始终微笑在我流浪的路上

母亲佝偻成塬下的小河
消瘦的身躯延展着河床
每有风雨都轻声欢唱

呵护我的抱负

滋养我的思念

疗愈我的心伤

干涸着贫瘠的河床

（四）

出生和成长的地方

立着一盏灯

我在光晕中孕育翅膀和力量

村子里空气翕动

旋涡是母亲的呼唤

出生和成长的地方

树着一盏灯

我围着圆心奋斗抗争

苦难是强大的冲动

激情在灯中燃烧

明灭间泪笑辉映

出生和成长的地方

亮着一盏灯

宇宙波力牵引

我狂奔着失魂落魄

每个节日都如钱塘潮亲情翻涌

灯光感召

我在城市上空为故乡歌舞

涕泪滂沱的河
送我回家

（五）

鞭炮炸响
瞬间回到儿时的村庄
满地铺张的幸福
童趣拼抢着山风

对联窗花贴好
我却看到故乡的窑洞
车噪中满耳的高跷铙钹
饺子唤不回贫瘠理想的游子

霾雾临窗
稀寒的阳光
看到雪封儿时的年
土酒醉倒亲情
快乐摇晃山塬
杯中是回不去的老家

（六）

曾在少年懵懂中痛苦挣扎
祈愿破茧化蝶
把村寨的历史沉积抖落脚下

曾用年少轻狂的宏大志向
仇恨闭塞和没落
梦想长出翅膀远翔
把儿时记忆的硬盘格式化

贫穷的积淀是根
让心灵纯净富有
涤荡芜杂
迎尘世霜雪，结一树风华

千年不朽的教诲
在血液中流淌成最美的时尚
最真的高贵，最坚韧的挺拔

厚重的土塬和清瘦的河泉
成长着强壮的血脉经络
滋养灵魂骨骼

祠堂的训诫流迁
浇铸儿孙一身铠甲

一路奔波
辛劳是动力的源泉
周而复始
在故乡面前从未走远
乡愁是永生的魔咒

我在青草坟头歌唱

明天继续远行

披爷爷的斗笠

穿奶奶的衣裳

烙印烫在心上

借着家祠的灯光

路无比遥远而漫长

始终走不出这个地方

始终也走不回这个地方

（原刊于 2017 年第 3 期《橄榄绿》）

牡 丹

在最原始的草原
盛开云彩般的绚烂
在最荒僻的远山
点燃烈火似的妆点

迎狂野肆虐的风雨
把柔弱的身躯
雕琢成干戈戟剑

沐严酷霜雪寒暑
把娇妍的花朵
绽放成铁蒺钢丸

从荒凉踱进繁华
由沟壑入住宫院
冰雪融化，透出春芽
冷至极致，吮吸温暖

权贵是强加给你的冠冕
富丽是千年修炼的贫寒

地根深处
高贵永远蔓延
贬黜加冕
骄傲怒放着尊严

清高永远嘲笑肤浅

不着点墨的微笑
倾倒一个个春天
漫不经心挥手
繁华皆归于平淡

一阵风过
兴废更迭为云烟
水墨晕染的留白
是最高贵的璀璨

河洛石

洪荒莽莽
盛开泛黄的经典
种子向下扎根
一直向下
比地下水还要向下

远古的天火
把远古烧得更加远古
伏羲从不认经典
迷恋地火交媾
吐纳间河水滔滔

山按辈分出生
水是山的祖庭
神龟驮着洛书一跃
河水瞬间被天火烧瘦
日头开始叫作太阳

被太阳炙烤
被天火炙烤
仓颉把玩经典浸泡的高山
泛黄的纸页遗落两岸
河底开出灿烂的花朵
每块石头都傲视五帝三皇

伶伦，一个乐感很强的名字
曲动日月星辰
惊天动地，陨石飞落
沉积，伴着伏羲和经典的文字
唯翠竹亭亭
能述说你难以述说的历史
记录天火
记录文字
记录蚩尤炎黄
一块无字碑说出多少心事
不说比说更厚重更文明更远古

思念是一杯茶

思念随日月发酵
红黄绿白青黑
发酵程度决定茶的品性
苦辛甘醇
回味与情感说不清的掌故

过往的琐细种在心上
肆无忌惮地生根
小心翼翼地采摘
梦是最肥沃的土壤

父母的微笑晴空万里
一杯茶伴我豪情万丈
染绿半生征程

温水倾注
满杯翻滚的情思
心事从眼眶溢出
湿润一室茶香

茶是私藏的好
顶级珍茶需要慢品
品得出酒的滋味
醉出浓茶的泪
一个人看大漠孤烟

马帮是运载思念的队伍
茶和盐有时是绝配
互相浇灌尘世冷暖
纾解愁肠百结
消解辛酸劳顿

煮一杯茶吧
氤氲春夏秋冬
饮一杯茶吧
从口腔到食管到肠胃
从内向外，从每个毛孔发散
把犹豫挥洒成决绝

阡陌到处炊烟袅袅
展放飞不起的浪漫

（原刊于 2017 年 7 月 28 日《中国政府采购
报·阳光副刊》）

村口的老娘

梦中惊醒
看到了站在村口的老娘
频频挥手
催我快快远行
不要担忧她和故乡
忽儿又举目张望
盼我早回家乡

一头银发在风中凌乱
她轻轻梳拢
满面是艰辛给她的自信
和我给她的幸福向往

村口那棵老树
枝桠虬曲
根系粗壮
树上的鸟窝结实坚强

我怕风吹散老娘的白发
我怕风吹断枝桠
鸟窝随风飘荡
落到地上
全是娘的泪光

诗　人

这个世界上诗人太多了
而读诗的人太少
真正的诗人不再写诗
父亲说
会咬人的狗通常都不叫

村里的庄稼熟了
真正的农民在城里打工
种庄稼的都不懂庄稼的脾性
农时节令是不会变的
不论你守不守时令

（原刊于 2018 年第 4 期《延安文学》）

我讨厌父亲的坚强

小时候
父亲是一堵墙
为我遮风挡雨
我依着他玩耍避寒
晒着太阳

长大后
父亲的坚强让我无助
再大的痛苦艰辛
他默默吞咽
永远是微笑
把牵念磨砺成我的强壮

怕削弱我的意志
怕遮蔽我的远方
在我面前谦卑彷徨
坚强得让我心伤
我想真切地看到他的软弱
告诉他
我继承，但讨厌他的坚强
黯然神伤

鹰落到地上
才能再次起航
飞向更高更远的地方
雷雨会为之鼓掌

遥望炊烟

在远方的风中
遥望家乡
看到炊烟袅袅
用生命写一首首抒情诗
让风寄给离家的游子
透着儿时的饭菜香
看得见灶前的老娘

乡情摇曳冷漠
炊烟描绘亲人脸庞
梦中吃着妈妈的手擀面
妈妈满面慈祥
我热泪满眶

迟暮亦英雄

——致天下父亲

各种赞扬歌颂
都与你无关
你把沉默铸成性格的标签
慈爱柔情全被坚韧替换

你的脊梁
是贫瘠而富饶的山
担着整个家族
一端是严厉
一端是温暖

坚强有力的臂膀
撑起一片艳阳天
腰杆从挺拔到佝偻
脊柱是家族的祠堂
肋骨是儿女成长的山川
肌肉是血汗沧桑
是对儿女的柔情蜜意
被深沉积聚成关爱的峰峦

儿女小时候
你分明是高兴喜爱
却以批评表达赞叹
长大后，可能从未让你骄傲

你却视若珍宝
用赞叹置换了埋怨
你是一本书
严肃庄重的陈述
表达的全是炙烈的情感

一棵树，能遮下那么大的阴凉
比华厦高屋还舒适温暖
一双手，搭下多么宽广的舞台
儿女一生的剧本全在上面排练
一把伞，让儿女只感受春风和煦
阴霾风雨全遮挡在外面
直到那天你想放下时
已风烛残年

你是一座桥
鞠躬尽瘁匍匐着挺立
送儿女踩着你的身体走远
你只是挥手，不忍观看
你是一座高山
展示着巍峨坚毅
珍藏着苦辣酸甜

燃烧全身油脂
为儿女点一盏灯
照亮他们的前程
用全身的骨头
撑起他们的壮怀激烈

他们会比野兽还独立
你却欢笑着
比光影还要苍老
还要无怨

你的爱从来不谈伟大
卑微于生活的滴滴点点
浸润在儿女的举手投足
如空气滋养万物
如天如地如怙如恃
你就是那片土地
什么语言都无法描述
什么文字都苍白无力

十　年

十年，很多时候不指时间
情感是个古怪的概念
喜欢和时间中的琐碎纠缠
要么被降解，要么被窖藏

降解是死亡后灵魂的升发
有的去了天堂
有的去了地狱
哲人告诉我们
世上的一切都守恒
只有去过的人可能知道

窖藏是某种意义上的降解
肉体得以转化抑或沉沦
连精魂也留下
留在界于天堂与地狱之间的地方

启封，是对窖藏的腰斩还是拯救
满世界的芬芳
有人听到的是歌颂
有人听到的是哀号
有人欢欣鼓舞
有人就痛不欲生

十年，一个笼统的说辞

代际，表意，思考，过往……
仅或一感一叹
同样的菌种
不同环境中长得出不同的植株
也就十年
感于肺腑或随便一言

窗外杨柳
从小苗长到壮年
曾经的满窗笑声
依然经常亲吻树冠
对面，你笑脸灿然
阳光只能羞怯着在窗外观看
十年前与十年后的你
可否依然矫健
还是否目光单纯
腰杆挺拔

你我他，世事情感的历练
十年与一生
没有谁能说出孰长孰短
容颜与心灵没有必然的关联
透明的光可以照进枯井
地下的煤可变成电
让全世界灿烂

城市的噪声
乡间的恬淡

年迈的父辈和稚朴的娃娃
见证求索的坚强
也讥笑虚伪的强大

成长可成为栋梁才俊
也包括虬枝曲桠
十年，是淘洗的锤炼
萃取的选拔
心灵发酵的极光
永照千秋
暗夜不再为暗夜害怕

母亲的白发

仿佛昨天刚离开家
今天，您已一头白发
春风刚刚吹过
冬雪怎就纷纷落下
就是一回首的刹那
青春竟摇曳成霜花
过往岁月瞬间坍塌
心头的痉挛雷鸣
眼前永远是您的青春芳华

摇动摇篮的手
温柔了我一生的粗粝
却粗粝了您细腻的情感
生命中的温柔
将妩媚温柔成了枯干
清秀优雅温柔成唠叨絮烦
美丽我一生的世上最美的脸
被粗粝成粗粝的沟壑
每条沟壑
都是望不到底的温柔和辛酸

没有珍藏在相册里的美丽青春
却也曾美丽如花
娇艳着公主般的娇艳
心甘情愿被日子打磨

沧桑成儿女前行的衣装鞋袜
婀娜的身体
在送别的路口
站成斑驳的路标
手臂在院墙上长出枝杈
青丝被年月思念成白发

您的青春比鲜花脆弱
经不起晨昏几度
您的青春比岁月坚韧
从儿女延展到儿女的儿女
在岁月的背后开出娇艳的花
一半是青丝，一半是华发

岁月是您的手
抚平了儿女所有的委屈
却委屈了您腰身的挺拔
岁月成风
绿了您的爱和情
红了儿女的情和爱
匆促得经不起年月秋夏
所有的分分秒秒闪烁
在您的白发上闪烁出泪花
青葱岁月任您枯瘦的手指梳理
您满脸沟壑都装满欢笑
满头白发飞扬凌乱
凌乱了我每夜的梦
凌乱了我坚定远行的步伐

今夜，我献身纯真的爱

今夜，我找回走失的灵魂
流浪太久
才知道回头寻觅纯情的光阴
懵懂不代表不懂
无知不等于清纯
清纯是爱的本真

我找回走失的灵魂
爱你，就要爱得纯粹

我原本在孤独中追寻
追寻孤独根部盘结的情思
情思纠结中俗烦庸常的鲜美
感悟真实的情怀
感悟爱
感悟朦胧中恋的精魂

走过太多路
知道篱笆、栅栏、障碍和污秽
经过太多事
知道爱情、挚亲、迷恋和纯真
思考太久
知道反悔处的反悔
决绝时的狷狂
人生不长而道阻且长

从最初的地方出发
找回原地驻足的灵魂

今晚，我哪儿也不去
只守着，我准备献身的纯真的爱
灵魂深处一直找寻的
真实的灵魂
心底最爱的本真

秋日午后

风是暖的，带着一点点清凉
云是闲的，舒展丰盈的翅膀
不愿袒露真实的形状
像个温柔的新娘

树也静下来了
跟着云眺望
一只鸟站在枝头
低头畅想

我站在树旁
沐浴着阳光
握着风的衣角
心随云飞翔
猜测鸟的理想
满脑子都是故乡
真想躺在云上
慢慢滑翔
探望妈妈和心爱的姑娘

初　秋

风在热烈中走向坚硬
雨由紧骤变得绵长
蝉把急迫叫成垂怜
雨燕从潇洒飞到留恋
雷电由暴躁开始躲闪
云朵的轻盈日益饱满
草在嫩绿中泛出坚强
叶子的青春走到壮年

花呀，微笑出了沧桑
妈妈的青丝染了白霜
我坐在树下
捡一片落叶
居然看出满眶泪光

漫步小径
掬一缕轻风
回忆温暖的拥抱
站在旷野
看一飞冲天的小鸟

我坐在山坡
我飞上树梢
我躺在老宅的老床
我什么都不想干
只是望着远方思考

初秋的云

走累了，便歇在树梢
高兴了，就四处逍遥
不发怒，也不轻狂浮躁
世事洞明的自在达观
人生通透的沉稳静好

走过冬春夏的风风光光
在秋的境界享受快乐拥抱
风轻雁翔
日薄天高
洒洒脱脱等待冬雪
纯净得质朴而缥缈

我不惊不喜
把你收在心底
藏在眼角

爱生长的地方

春风抚摸小草
小草幸福成长
绿了大地，暖了阳光
雨露不声不响
付出就是生命的歌唱
这是爱生长的地方

枝干孕育蓓蕾
绿叶汲取阳光
经风沐雨奉献绿意
悄然飘落
肥根壮枝化为营养
这是爱生长的地方

父母哺育稚子
殷殷倾心快乐成长
鸦将反哺，羊会跪乳
老吾老以及人之老
亲情承继长幼赓续
这是爱生长的地方

太阳自由发光
大地无私开放
海洋快乐地徜徉
生命尽情舒展希望

美好后面紧随着美好
偶尔的阴云遮不住太阳
这是爱生长的地方

西风中的路口

身体被红灯滞留
转身后又迟疑回首
黑暗在嚣张中黑暗
星星冷得发抖

秋叶落尽
枝条孤瘦
拥抱你的双臂麻木
寂清把绿灯锁在背影之后
脚步借西风远行
我一直站在路口

乡 音

追逐，流浪
从地球奔波到月亮
穿越丛林沙漠城市乡野
灵魂不再是原本的灵魂
身体也已陌生难认
唯有那声地道的呼唤
瞬间心碎陶醉
故乡一草一木
刹那复活
在心头蓬勃
成长成归程的帆

多少祖辈的灵魂
累积成无孔不入的滴灌
在每个细胞
种下思乡的种子
这一声故土的胎记
烙在最脆弱的心坎

世界广袤
你以看不见的网
网着所有子民
给心灵和身体
以最贴心的抚慰

那时的黄昏

火烧云
托着麦穗逍遥
炊烟袅散
浪漫归巢的倦鸟

风，慢慢踱步
游走田角地头
估量收成和墒情
不区分稗谷和苗草
逗弄开心的童稚老叟

归牛饮下一池霞光
肩头横笛斜调
在外婆的澎湖湾
听久远的传说

老树搀扶夕阳
醉在手擀面的醇香
氤氲一村安闲
尽享淡然静好

塬

山的根系
簇拥着山
延伸着山
把山的力量顽强拓展
以边塞诗人的风骨
写一首气壮山河的唐诗

河的保姆
看护壮阔或玲珑的韵致
任由逶迤嬉戏

一如雄壮的男人
揽河入怀
冲突间纵情畅欢
共同演绎雄浑与明丽的交响
把一曲曲宋词
倾泻人间

回家过年

一枝红梅
把年的门帘高高挑起
北风鼓足了劲
铺张年的气息
三百六十五个日夜啊
发酵一缸年的陈酿
那浓稠的香
被节令的咒符封存
折叠在二十四节气的皱纹
被急匆匆回家的步履启封

朔风一路殷勤
跌跌撞撞地催促
雪花浆洗十二个月积攒的风尘
踏雪回家，回家过年
取饮那坛馥郁的醇香
酣畅淋漓
激活祖先留植的密码
在凛冽的风中
融化外在的坚强
醉在窄仄的土炕

回家的路也许很近
却横亘着岁月沧桑
回家的路也许很远

家门一直在梦中触手可及的地方
一年的期盼
积攒久远的豪迈
伴随漫天风雪进入高亢的乐章

四面八方，五湖四海
以各种方式浩浩荡荡
向着那个叫家的地方，进发
身披一年奔波的征尘
朝圣一般归来
这是一个隆重的仪式
向一辈辈奠基的亲情朝觐

回家过年
整个冬季最闪光的主题
无数次在梦里
用脚板丈量归家的路
无数次远望炊烟缕缕
家乡故土
生长并滋养着游子强壮的根系
村庄的年轮
沧桑了村头老树的遒劲
每个枝丫
都长满游子顽皮的童趣
斑驳的土墙是残破的黄卷
一页页品读，恍若隔世

背井离乡的青春

磨砺成持重和沉稳
只有家乡澄澈的星空
能过滤芸芸的浮华名利
闭着眼就能走准的家门呀
安放灵魂的居所
多少年却走不回去
回家过年
一年一次的灵魂皈依

闯荡世界的身影
疲惫的铠甲坚硬刚强
人前人后的隐忍伪装
在年的陈酿中慢慢软化
攥一把家乡土吧
骨头将更加硬朗
吹一吹村口的风吧
遇到多大的风雨都更加阳光
喝几口故井的水
将所有浊气涤荡
在祖坟上放一挂扬眉吐气的响鞭
在祖宗佑护下满血复活
出门闯荡的爷们儿
一言一行都掷地有声
根深叶茂的大树
在哪儿都拔节疯长

游子归乡的脚步
是年前最激越的交响

推开家门

风干的眼睛热泪盈眶

两扇哆嗦的门板

笑得颤颤巍巍，踉踉跄跄

阶上思念的青苔

一下子吐出兰花的芬芳

豪饮一杯家乡的土酒

结结实实醉在乡愁的梦乡

醒来才知道

多么宏大的理想

倾尽一生奔波

都走不出家门的凝望

札记：倾尽一生奔波，都走不出家门的凝望，走得再远，也走不出家人的思念。诗歌用大量的意象来描绘心中的"家"，我们好像走进了莫奈的画里，走进一个印象里，仿佛这个家也是我们的家，是每个人的家。

除 夕

把门关上，用喜庆和吉祥
把所有的不满意拒之门外
浓纯的亲情聚拢
聚拢在这个门内
在聚拢中持续浓纯
燃爆喜庆吉祥的烟火
为热闹繁茂的新年开道

把门关上，用幸福和亲情
像饺子馅一样聚拢
紧紧聚拢
浓浓的香甜
把无关的煎熬关在门外
聚拢中发酵香甜
散发关不住的融融和温暖

把门打开，用热情和希冀
准备着，亲情燃烧
喜庆吉祥将冲出门外
把门打开
整个世界将充满喜庆和吉祥

相见，开始更深的思念

风是岁月，雨是岁月
月光是岁月，日落是岁月
花儿凋谢
酝酿下一次的绽放
思念到不能思念
到了我们相见
花儿开了
过往的岁月阳光灿烂

春是岁月，冬是岁月
鲜亮明丽是岁月
沧桑艰辛是岁月
思念是岁月的成长
成长到了我们相见
秋果硕硕
过往的季节都成欢歌

月圆是岁月，果落是岁月
盛不下的思念呀
终到我们相见
相见了
进入新一轮翘首期盼的思念

回家的路

这条路很长很孤单
是一根线
一头系在心尖
一头系在故园

这条路很遥远
间隔着河流山川
夜夜梦见，天天难见
时时为回家赶脚
时时在路上盘桓

这条路很熟很近
是爸妈的一句话
是童伴的一支烟
是新闻中家乡的一个消息
是故乡传来的一声惦念

回家的路呀
一张车票很轻，很重
轻，回不到过去的岁月
重，驭不动久别的情感

这条回家的路呀
写在家门口的春联上
上联是亲情，下联是成长

系在村口的老树上
枝叶是希望，根须是滋养

这条路呀
从每个年头开始
在磕磕绊绊的脚窝中
一脚是父母殷殷的期盼
一脚是自己不屈的顽强

回家的路就在眼前
在每天奔波的辛劳中
在老乡聚会的酒杯中
在委屈和欢欣时的酩酊中
在月亮悄悄升起的黄昏
在太阳疲惫后歇息的肩膀

（原刊于 2018 年第 4 期《延安文学》）

清明雨

就是一个普通的节气
这一天，本不该有雨
浓得化不开的情感
撕裂，痛，天也痛
谁说离去一定是天意
天都感念而泣
雨，铺天盖地的泪滴

地也感念
默默，咽下雨滴
拼了命输送营养
给予需要它给予的一切
付出它所能付出的一切
于是，万物萌发
希冀把痛彻心扉的亲情修葺
于是
天清景明
雨，也清爽明丽

清明，一个情感的逗点
再匆忙急迫的脚步
也要停顿
让心灵和亲情反刍
把情感和灵魂
在先辈、亲人面前展露

最直白、最真实
向着天堂和大地
于是，哭泣
苍天最直接的安抚
就是人生的一个逗号嘛
在悼念中汲取教诲
澄澈心智
歇个脚
抖擞精神
向着既有的方向，继续
继续

清明，一个时间的驿站
走到这儿
走到这一天
每个人都湿成一滴雨
在眼里，在心里
纷纷飘落
我们所做的一切
其实，都是在找回
找回已经失去或即将失去的老家
亲情、故园、理想
抑或真实、善良、斗志
……
这一天，应该有雨的
飘落，在眼里，在心里

粽香喊我回家

那香，沉郁悠长
飘荡百年，千年……
牵引着魂魄和心智
肉体只是傀儡
从遥远的地方
随着灵魂，无限亲近
粽香的源头

那香，启迪粮食的香醇
滋养身体和身体中的精魂
一天天养育思念
一笔一画，勾勒母亲的慈善
以及青春的美丽和沧桑的饱满

端午，点下思念的叹号
以粽子的香，标定鲜明的归途
召唤所有远游的赤子
辐辏亲情和温暖的起点
母爱
在叫"家"的地方
永远是灵魂驻守的据点

母亲的手
从心脏部位伸出
包裹酝酿已久的爱

母亲的手
慢慢一颗颗压实
一寸寸，仔细缠绕
母亲的脸
洋溢大地的丰沛
佝偻的身躯举起幸福的双眼
端详
从手中的粽子
到遥远的天际
谷醇，甜糯，清香，馥郁

端午
粽香袅袅
不断回头
眺望咫尺的远方
娉婷着回家的路

二十多年的同窗陈酿

从那声亲切的呼唤
到今天，到明天
到那不知的永远
唇齿生香，回味悠绵
是二十多年后同窗情发酵的醇香

青春年少
懵懂痴狂
远大虚妄的心志挣脱现实
鼓满风帆的理想站上云霄
歌楼　舟楫　僧庐
都自视领悟通晓
其实呀
望见的不足沧海一粟，冰山一角

南国椰海
北漠雄岭
当我们把坎坷与掌声
都看作岁月的砥砺
经历四十多年风雨洗礼的人生啊
才溢出醇香一缕
醉人心脾

路口的守望
云顶草原与花海辉映

荆紫之巅眺望长河
峡谷惊瀑漫议经年
天使之吻默忆青春
青要山前笑谈年少
拜谒张钫遗碑
徜徉于厚重的历史
同窗之谊始终沐浴心田
沉醉的，仍然是当年那份
稚拙的信念和惺惺相惜

聚散之间，你我之间
任何客套都显苍白
寸步不离的相陪
胜过千言万语
智山仁水，人生舛误
待醇香弥散如雾
任岁月老去如禅
沉醉于同窗情谊
依树听泉　满床诗书
临壑望月　品茗执棋

把浮名换作低吟浅唱
性定始品得菜根香怡
陈酿的人生啊
终将淡然随性
三年，三十年
自此以后的以后
任这醇香历久弥新

不知疲倦地沉醉于同窗情谊

岁岁年年，月月日日

同学，一生一世的情谊

那懵懂的岁月
我们一起走过
最烂漫的年华
收获了最真实的欢乐
青春无价，生命如歌
连昌河水载不动我们清澈爽朗的笑声
巍巍土塬沉醉于我们挑灯苦读的执着
天真无邪的同学情谊啊
翻飞起浓荫匝地的婆娑杨叶
……

珍藏着这份纯洁的友谊
奔波在各自人生旅途
同学，这个用青春雕刻的亲切称呼
永远是心灵的绿洲，精神的栖息地
哪怕时空瞬息万变，环境日新月异
厌倦时　疲惫时　受伤时
让我们相聚——
功成名就　踌躇满志　拥着鲜花和掌声
也让我们相聚——
不论近在咫尺，还是游走天涯
都请相聚——
在心里，在曾经的故地

这里永远是温暖的目光　纯净的友谊

热烈的拥抱　简单的话语
嬉笑嗔怒　互诉衷曲
几年的同窗，一生的托付
同学们
我们，永远在一起！

河洛文明万年青

我家住在洛河边
伏牛山巍峨壮观
洛河水滔滔向前
洛书碑记载中华历史
造字台书写文明渊源
洛宁文化根深源远
河有大韵
岭存大观

我家就在洛河边
金门翠竹满山巅
伶伦制律自天然
琅花馆帖飞扬着智慧
巍巍崤山成长着勇敢
洛宁文明世代传承
祖祖辈辈
赓续不断

我家永住洛河边
物产丰盛九州传
蔬果飘香满川塬
珍珠果承载勤劳厚重
神灵寨寄托康盛祈愿
洛宁大地钟灵毓秀
河溢幸福

岭载美满

我家永住洛河边
亭亭翠竹四海赞
忠勤厚正写新篇
亿万万儿女创新共赢
千万顷翠竹根根相连
洛宁精神厚重绵延
高唱凯歌
勇往直前

老 宅

一如既往地沉稳淡定
禅坐于岁月深处
斑驳几辈人的沧桑
过往的每句话、每个动作
都顽强地鲜活
生根于每块砖瓦
迎着风风雨雨傲慢

杂草与瓦棕
自由摇曳溺爱的单薄
为有幸的命运讴歌
向天空争取营养
握手阳光，亲吻月亮
笑出流泪的执着

疲惫的屋瓦
衰颓的檩、椽、柱……
写满祖辈的慈祥和倔强
门板吱呀，门环叮当
反复吟唱儿歌的古老
清亮亮的童声
在院墙上活泼泼奔跑
经历无数风尘的尘土
扑簌簌抖落，断壁残垣
是盘根错节的老树根须

巍峨在儿时的记忆
庇护一生的远行
品咂无数甜蜜
一往无前的路
始终在你的手上，你的怀里

那条铁路那座山

在假日的春天
我坐在故乡的山巅
望着那条可能的铁路
和我的祖祖辈辈生活的山
山上有山泉流淌
山下住着我的乡亲
和我童年的过往
据说要有一条铁路
让乡亲们的脚步迈向远方
远方是个非常遥远的地方
或许就是可望而不可即的故乡
有我的情殇，我的姑娘
我的一直生活在家乡的爹娘

我在山巅遥望
遥望我的童年
我的远方
遥远的未来到不了的地方
我的情殇
为那条未来的铁路
和这座古老的大山的理想
回头一望
不见了我的家乡

第四声

春声

/CHUN SHENG

『来不及表达的思念〉
注定会在料峭春风中
开花』

『掬满腔绿意给天空
大地〉绽放从少年到
耄耋的微笑』

关于回忆

在初冬的怀抱
风从你身边滑过
我清晰地听到秋天的私语

成长是最长情的告白
银杏，秋季的民选代表
低吟着一生的浪漫
听凭秋风浅唱喁语

一树的金黄
让天空都羞赧
却把最华贵的盛装礼让大地
璀璨成整个世界的美丽

每次从你身边走过
只敢匆匆一瞥
怕醉倒在你的裙下
被你记下失意或沧桑

你一直记着那个翩翩少年
口哨是他层层的铠甲
伪装成自由和潇洒的武器

你跳跃翻飞
逐笑风的放浪形骸

追忆他的散漫英姿

满地辉煌
都是你痴迷的回忆
春天的蓬勃葳蕤
夏日的茁壮繁茂
冬季的厚重静谧
归隐于仙风道骨，神闲清逸

你是秋天最伟大的诗人
是闹市的隐者
雪的使者，风的情人
不贪恋伟岸俊朗的枝干
去慰藉肥沃的土壤和倔强的根系
栽种春的种子

婀娜的身躯
是四季中最美丽的鲜花
舒展开春冬秋夏
绽放从少年到耄耋的微笑
云淡风轻，洞明练达，通透柔丽

我带着梧桐嘉宾和黄栌美酒
造访你的故事
慰藉回忆的真痴迷离

所有记忆
氤氲成温馨的秋阳和凌厉的风

穿上艳丽得体的伞衣
欢快地飞翔
扑向忠厚慈爱的母亲——大地

亲爱的，你的故事呢？
所有往昔
都在澄澈清明的瞳仁深处

待春风起，残雪消退
你依然绰约风姿，万般美丽
珍藏着翩翩少年和菡苕少女

金灿灿的银杏
迎风起舞
大地舞台上羽扇纶巾的青衣
颦笑举止
写满禅意

天地爱情
万年孕育
你的故事呢？
我只记住了
你的美丽

（原刊于 2016 年第 6 期《前卫文学》）

何处安放我的灵魂

我的灵魂
徘徊在初恋与死亡的上空
疯长于城镇和乡村之间
那灰尘堆积的道路
左边是父母与庄稼的劳作
右边是青苗和野草的争锋

我的灵魂
是脱离躯壳后游荡的精灵
一直在寻找那永远青涩的真情
电闪雷鸣
雨燕与苍鹰搏击乌云密布的天空
滂沱的爱恋决堤
黑暗下鬼魅的坟茔

我的灵魂
栖息于稻谷树枝狂风高楼的缝隙
期盼着枯树逢春万世太平
乡亲高举双手
我却游走于天堂和地狱之中

总是梦
那土塬与河流的沉重
鱼上岸飞翔
抵不过家狗鸡鸭的忠诚

我的灵魂
永远行走于真情与虚幻之中
上帝垂怜
可依旧是永远的痴疯

（原刊于 2017 年第 3 期《橄榄绿》）

秋天，我在阿勒泰

阿勒泰的阳光还在夏天
我戴上五彩的魔镜
醉倒在秋的怀里
搂着暮归的森林

喀纳斯湖里的怪物
喜欢在秋天出没
不知道是男是女

如果是女怪
那些湖边的图瓦人
哈萨克的男人一定期待

如果是男的
那么，彪悍的蒙古男人呢
会迁徙何方

你看　图瓦人骑马的样子
醉倒了秋日夕阳

我在阿勒泰
世界上离海洋最遥远的陆地

有条河流
它不向东流，向西流

一直追随着落日，流向北冰洋

夜晚，我不敢去湖边
只站在月光最亮的地方
我害怕梦中与月约会
晚上喝醉，我走进泰加林
说，我爱上你了

满天的星星也醉了
雪山默默守望
它是我心中的神

白哈巴，他们很多人没见过大海
却说我身上带着海的气息
我心中装满的
是秋天的春风的狂荡
飘飞的，是梦中的荷蓬

孤鸿难翔
凄厉的笑，还有哭泣
梦中的海棠已萌苞
枫叶黄在何方

情在最北边的南方
酷暑遇到秋风
真情永远是春天的鲜花
和丰满的根茎

层林尽染
从雪线到牧场的马群与毡篷
秋中遍植着夏的种籽

我的梦
在那林子的尽头
和古老的喀纳斯的心中
我的梦
你还能不能懂

秋分，天已寒冷
我心中依然是夏日的荷梦
天晴，日丽
今晚，醉在荷下的秋月

秋日，总有梦——
你在不在梦中？

（原刊于 2017 年第 3 期《橄榄绿》）

等 你

叶子黄了
果实在等你
秋风凉了
春雨在等你
冬雪来了
草芽在等你

我闭门谢客
把你的名字描摹成了疯痴
在痴痴呆呆中等你

采下叶子
正面是你的笑靥
背面写满你的淘气
我在叶子的脉络里等你

掬一缕秋风
在秋风的低吟中听你的絮语
秋风不断翻唱你的名字
勾勒你的身姿
我揽秋风入怀
秋风陪我等你

捧一抔冬雪
每个雪花的棱角

都结着你的情意
我化作雪花
漫天飞舞
在云端飘飘洒洒等你

果实不敢等你
我在等着你的果实
春雨不敢等你
我在淋着你的春雨
草芽也不敢等你
我心田几近荒芜

等在春夏秋冬　风霜雪雨
等在山山水水　时时处处
其实，我们昨天才分离
从分开的一瞬
就翘首等你

你也在等
把我锁在你的眼里

我们在等
在分开的分分秒秒
在相思的点点滴滴
在等中相向而行
在等中焦虑守护

（原刊于 2016 年第 6 期《前卫文学》）

随风迷失的你

春风来了
你却在冬天里迷失
梦中紧拉你的手
醒来黑黢黢的黑暗令我窒息
不忍睁开溢泪的眼
想把你永远留在梦里

春燕翩然而至
雁阵悠然远去
你带着孤独的灵魂离群索居
不是这儿的气候不能滋养生命
你不愿让生命自由荒芜
明年后年你不会再来这里

冷峻的山绿了
山桃花兀自任性绚烂
冬季的霜雪冰封爱情
多情的蝴蝶任性嬉戏
欢欣的春雨把花蕊打湿
半山野梅笑着哭泣
哪一枝留在了你瞳孔深处
我的灵魂栖息于哪一棵树

山涧小河开了
伫立的白杨枝头丰腴

去年听水的人踽踽远去
玉兰迎风啸歌
不敢睥睨柳梢轻拂
只有河水痴痴守护

随风迷失的你
将会去哪里停息

二月的雪

二月的雪
邂逅了相思
搅起一场风花雪月的爱情

二月的雪
只属于浪漫
激起情感的交锋
风吹落季节
雪花嫁给春风

二月的雪
不知是迟到的贵宾
还是早起冻僵的雨滴
那么纯朴的一天轻盈
飘落在每个罅缝
车在路上颤抖
思绪纷乱错综
多少年前的暗恋萌生

二月的雪
酿一壶酒
把云朵抛向大地
银河摇落下漫天繁星
雪花在相思中沉醉不醒

二月的雪
打马走过你的生命
雅洁的衣衫是深情回眸
那白衣少年，已老态龙钟

二月的雪
消融在春天的怀抱
铭记着冬天彻骨的寒冷
消融了两季的爱
焕发无尽缠绵和豪情

三月的风

从山北坡残余的雪上走来
踩碎一河一池的薄冰
不屑于接纳
初醒的水频频鞠躬致谢
慌忙去呼唤慵懒沉睡的土地

从温煦的地层中升腾
慢慢汇聚和蔼的呵护
从根到梢
轻柔脱去树木灰白的冬衣
催发含苞待放的蓓蕾
次第担当信使
传播成长和繁殖的消息

从天际的那抹阳光中洒落
舞一曲霓裳羽衣
杨柳兴奋畅饮
酩酊大醉中曼妙狂舞
迎春、玉兰……
连翘、桃李……
挤挤挨挨登场
粉妆玉砌谢幕
微雨轻汗
用青春年少
演一出七彩斑斓的爱情舞剧

从燕雀欢快的叫声中飞出

激起万物内心的灵动

招来春雷阵阵，细雨纷纷

渐渐耐不住一身燥热

左冲右突

去迎接夏的讯息

树木伸出无数小手为你欢呼

你却苍茫四顾

热恋时的舞伴

你在哪里？

春 分

你是春天这本书的书脊
展开最缤纷的季节
读罢春风料峭乍暖还寒
喜览日丽风和花舞蝶飞
送走最冷的冬
迎候最热的夏
举杯遥对秋分

我饮一杯春茶
以朗月为皿
盛春雨数抔
春风燃起文火
盛开的百花为茗
阳光作薪温焙
将时光悠悠品呷
回味中是人生的四季

夜雨静听花开

借黑夜的帷幕
将视野嫁接给心灵
耳朵醒来，陶醉一腔心事
邀春茗一杯作陪
灵魂与花赴一场约会

不忍眼睛玷污你的姿容
独用听觉品飨
弥漫于你柔情的世界

雨自荐红娘
低吟自创的民谣
氤氲的茶香急不可耐
款款出门迎客

你气息微微
酣睡中散发淡淡馨香
娇喘吁吁
呵欠塞牢着苏醒
闪亮夜的静寂
晕染得雨芬芳四溢

茶喜不自禁
在杯中踱步
雨已陶醉

不忍惊碎你的恬美
低首垂听
静待欣欣然的娇羞

舒缓慵散的懒腰
花瓣娇妍，舞蹈般优雅张开
清香馥郁喷薄
悄然独霸夜的舞台
引风陡然醒来凑趣
四处张扬你惊艳的讯息
雨如梦初醒般鼓掌欢呼

茶知趣沉寂
沉醉于你的容丽颜美
我的灵魂痴醉狂欢
打坐成青松一株
伴你一世任性招摇

清　明

风从春分吹来
从惊蛰吹来
从立春吹来
带着雨水

纯净透明
婴儿呼吸的甜美
轻柔如母亲的手

从小雪大寒吹来的风
吹到了谷雨
吹到小满、芒种
一直吹到小暑、白露
秋分、霜降

雨呢?
跟着风,又总抢风头

天是清的
地是醒的
天地一片空明

云听到麦苗分蘖拔节
青草追赶着庄稼
百花扑腾腾展翅

飞翔
蜂蝶忙碌成茧蛹

杨柳清闲自在
与风嬉戏逗弄
小河调皮打闹
天真如孩童

心是净的
身是轻的
心身永远轻灵

清明照得见澄澈
日子清洁明净
每天都坦荡赤诚
善良不念落花悲凉
相思充实一瓣心香

每个日子
是的，每一个日子

（2018 年 3 月 18 日发表于《人民武警报·周
末文学特刊》）

午夜的醉

午夜，月满西楼
抚摸冰镇的激情
少年壮志复活
狂笑两鬓霜雪
唱一曲大风歌
泪看稼轩流浪

邀傲竹对弈
荷剑迎风
满溢的酒杯
再次升腾年轻的豪情

湖面的冰做梦
亲吻绰约的青莲
麻雀在树上笑醒
空空的酒瓶
吼一嗓满江红
猎猎回响

（2017 年 7 月 28 日发表于《中国政府采购
报·阳光副刊》）

周　末

把喝剩的茶用力倒掉
种下一片留白
寡淡无味比原有的清香更累
白纸晕染成欲飞的鹤
白，惨得吓人
一支笔
饱蘸诗的意蕴
诗人，苦心孤诣
是沙漠流浪的猎人
伸展到底的发条
轻歌曼舞
高山平湖，蓄积一池春水

一个顿点
有时无关紧要
有时成败立决

心 伤

痛是什么
疼又是什么
真正抑制不住要流泪的
肯定比这些轻
轻到不能再轻
咽不下，吐不出
看得见，抓不着

一路疯跑
不断地跌倒
不断地跑
真怕劈面撞上自己的灵魂
一路闪躲，一路跑
骨骼硬且尖锐，扎人
刺到别人之前肯定先伤自己

抑制不住了
就抬头看天，不看别的
有时也看远方，但要先看天
泪是咸的，可以不走眼睛
从大脑到心脏，无法吞咽

喜欢雨天
雨水抽打的感觉
雨中奔跑

风会点中我的哑穴
使我说不出一个字
却一厢情愿
向我倾诉雨的粗野
都太浅薄
我什么也不说
看太明白了就不会说
懒得去说

这个世界
其实挺好

每一个早晨都那么美好

前天阴云密布，但时值周末
所有时间都是我的，早晨是那么美好
昨天晴空万里，心情开朗
早晨自然美好

今天，狂风大作
连高傲的松树都翩翩起舞
海棠如雪，连翘欢歌
早晨，多么美好！

童年时
整个世界都是一首儿歌
每天被妈妈唤醒
看到的只有快乐
每个早晨都清纯新鲜

青年时
我有那么好的理想
每天兴致勃勃
每天都有进步和收获
每个早晨都充满追求和希望

中年了
我拥有人生经验和生活智慧
懂得理解和包容

看透世事和人情
每一天，我都有自己的目标
每个早晨都岁月静好陶然忘机

太阳每天都是新的
昨天已经过去
明天终会到来
只有今天在我怀里
心有桃花源，处处云水间
我看到，每一个早晨都那么美好

与酒交欢
——五四青年节祭奠曾经的青春

最深的感情
无非一杯酒
最深的感情
真的不在乎那一杯酒

五四青年节的夜里
我和过往的青春对饮
那时的伟大理想、宏伟目标
幸灾乐祸地笑看我的酩酊

原本一腔豪情
希望用酒和泪埋藏庸碌
祭奠青春时的梦
谁知庸碌被庸碌嘲笑
不屑于谈论曾经
耻于回忆年轻

衰老的理想和誓言
弱不禁风
在一次次举杯痛饮间
是佐酒菜肴
用豪饮与酣醉
把人生写成一个个笑料

干杯

为流浪的青春
哭泣的岁月
碎成一地的狂妄

时间
在杯中欢呼
为与酒之间最深的感情

与春天握别

我不是要过夏天的
熬过了寒冬
却又没留住春天
立夏
我与昨天握别
张望着秋天

春风十里有雨有风
桃花把春红谢成秋景
我在春雨中迷蒙
惊醒夏梦

桐花都开了
青桃逗弄酸杏
我掬一缕春风
濯洗一路风尘
却把鬓发染成了霜容

我为我的寂寞鼓掌

寂寞是一个人的狂欢
狂欢是一群人的寂寞
我陶醉于寂寞为梦想耕耘
和灵魂约会
把世界拆解又组拼
有时砸得粉碎
有时无比完美

寂寞成就了我多情的命运
造就我多舛的精神
我的寂寞是我的整个世界
灵魂在寂寞中自由飞翔
飞过天山昆仑
飞过灾难现场
也飞过盛典的广场和每个人的内心
生命在寂寞中萃取出光亮

寂寞是一场罪过
使我与你的距离愈来愈远也愈来愈近
与你的误会愈来愈深
与你的情感愈来愈真

寂寞啊，享受腾飞的精魂
放肆飞奔
寻找世间和天堂的本真
触摸不愿示人的灵魂

真爱用心呵护

爱是一份专利
只属于我自己
我怕说出来会挥发
会掺杂进未知的杂质

爱是一生的行动
专注于这一件事
我怕稍有分神会亵渎
亵渎这纯粹的完美

爱是心底最深处的执念
在敏感而执着地生长
我怕略有疏忽就会受伤
伤害我积聚起的坚强

爱是最柔软的坚强
永远在最需要的地方
我怕丁点轻率会玷污她的高尚
纯洁是一尊崇高的雕像

爱是最高贵的香草
我要全身心呵护培养
深藏在心底最安全的地方
用最纯净的阳光普照
最悉心的关爱滋养

永远生长在最柔软的心房

爱是真实的合唱
琴瑟和合源自共同志趣和理想
分分秒秒升华生命的光亮

爱是灵魂燃烧的烛光
摇曳灿烂的华章
吟诵成最美的绝唱

只想和你在一起

和你在一起
是心底爱的呼吁
伴着每次呼吸
不让无谓的喧嚷掩盖内心真谛
爱是机缘
不能掺加任何杂质

这一生，只想和你在一起
有你在，整个世界可以隐去
一间茅屋
一套灶具
一畦可好可坏的菜地
几只可爱或者讨嫌的禽畜

早晨挽你手迎接晨曦
傍晚用晚霞为你披上彩衣
下雨彼此撑一把伞
下雪了
和你品茗把盏，写首小诗
打雷时相拥相依
知你胆小
让两颗心紧贴一起

呼吸着一样的花香
劳作着同样的幸福

一起沐浴芬芳

一同经受雨露

一块从青春走到黄昏

岁月伴随爱的成长

证明内心相许

和你在一起

是今生最大的心事

沉醉后，我读懂海子

海子，诗界殉道的一个高峰
一直仰慕你的名字
远望孤独的诗和诗的孤独
迷茫中诘问与探寻
隔云望月的徘徊猜度
以期参透孤寂中的空明
看到泪，看不到泪的根茎

今夜，漫游在诗的门槛酩酊
以柔弱的心智
冲撞无边的孤和坚韧的独
突然，看到你流泪飞翔的灵魂
黑色中一抹莹亮
心中不屈的屈子标高孤立

沉醉后，我似乎读懂了你
精神淋湿，和你一样
下榻满身雨水的德令哈
高原上丰盈的思考

草原只剩下草原
戈壁也只认识戈壁
真正的清醒的认识
其实只是真实的孤独
虚幻的真实

我用双手
同样无法承接一滴泪滴
屈子《橘颂》的品质
你都装进身体
躺倒在山海关
永远无法交叉的平行线
凉薄而清醒的孤寂

梦中的姐姐
在被雨淋湿的德令哈的夜里
我清晰看到
故乡的清丽美女
姐姐，母亲
奶奶的奶奶
所有逝去和将来的美丽

在戈壁，草原就是美丽
沉醉后，你才是我的知己

今夜，我可能真的读懂了
以死告慰的，诗界的海子

初秋的雨

从溽热夏末偷来一点躁狂
丝丝凉意中的沉郁
不见半星矜持
精灵，大胆挽结起夏的裙裾

轻敲窗棂
却豪放问候繁茂的绿
昂扬的生机
叶脉的憔悴
不经意流泻你的情绪
狂热而孤寂

夏遮不住的丰腴
映衬秋的坚骨
带一丝微凉
思索人生冷热甘苦
回顾草木轮回

荷也倦了
擎一剑莲蓬
孤单着地自信高举
炫耀枫叶的单薄
付出，收获的不一定饱满
也有快乐的糠秕

顽皮的雨，牵引秋的脚步
以交响乐的闹钟唤醒沉梦
更护佑伴眠深睡安逸
远方凉的惊觉
标示冬储中春的恣肆

在秋的额头做起春梦
嫁给夏末的雨燕
雨和梦联姻
探问冬的雪，春的风
季节的脾性
四季的父母躲在哪里

寻觅心底的宁静
聆听初秋雨的韵脚
掌声和哭泣
辱骂和赞誉
同样的爱恨
一样的美丽

用四季的心思
掬一抔秋叶健硕的雨滴
低首轻问
梦中擦肩而过的你，在哪里

初
秋
的
雨

261

生活，需要你我慢下来

起点到终点
风景在心灵感知的旅途
一生风花雪月
是情怀对世界的触摸

阳光和煦，狂风肆虐
冷暖无关衣着
意志伤感经得起波澜壮阔
一味汤羹，味蕾细品慢咽
生活的欢歌会变成心灵的枷锁
风雨是一支乐曲
合着节拍尽享快乐
迎风伫立化成风景一角
周身施展或美或丑的衍射

凄风苦雨，依旧可起舞高歌
生活，是一个梦想
真爱让梦想开出花朵
阶边山崖绽放欢乐

每人都舍命前赶
日光下难把太阳超越
月华如诗，慢吟星空后的银河
灵魂坚守于琐碎的生活
点滴间快乐包裹悲凉

珍珠光芒闪耀
在砂子忍痛嬗变的贝壳

人生熙攘，阳光下奔波
月光静听思索
灵魂在独处中踟躇
双手把时运紧握
于生活膝里轻揉细搓
合着节拍行走
看朝阳升起，品夕阳坠落
邈远中看一盅茶活泼复活

只在乎生活
不问归期，不看幕落
一路欢歌中
细品慢看风起雨跃
美妙跳荡在草尖叶脉
欢歌升起在树梢路侧

也叫《回旋》

在北方诗人的怀抱
在南国木棉的枝头
在海岛的那个黄昏
在云朵中的雷电和雨滴
在城市下水道的井箅
在初次离家的夜晚
在分手后的一次偶遇
在天池边的那块火山石
在冈仁波齐的云雾
在迎风翻唱的经幡
在玛尼堆避风的角落
在仰望星球之间的北斗
在北斗指向上的奔波
在奔波中忘掉所有的一切
在失去一切的梦幻
在梦幻中想象一切

秋　思

凉风刚刚问候

蝉就呜咽颤鸣

一生的傲慢

在风凉中远走

那么倔强的菡萏

一夜间低下清高的蓬头

清清爽爽舞动季节的绿盖

遮挡着皱纹娇羞

一池秋水浅笑

揉痛周边垂柳

绿叶摇曳出灿黄

每个熟悉的角落

都住下了清秋

眼角眉梢的相思

瘦了阳光淡云

晴空高远

望断你的背影

默写你的温柔

秋　叶

红色、黄色、金色
还有绿的青碧
紫的浪漫
这些，都不是你的本色
潇洒走过春夏
经历厚重的冬的孕育
秋，只是你生命的一次跳跃

揖别春风暖阳
笑傲风暴雷雨
簇拥给世界壮硕的果实
掬满腔绿意给天空大地
以有限的妆容
妆点无尽的美丽
借凌厉的风领首逍遥
以奉献的本色飞翔
自豪轻盈，魂归大地
跳跃，聆听明年春的讯息

窗外那一抹暖阳

阻挡不住的慈爱
把温暖种在心房
秋叶根部
孕育生长不可遏止的生命

来不及表达的思念
注定会在料峭春风中开花
绽放秋天最敦厚深沉的睿智
健硕的肌肉随风流浪

灵魂的种子
在你抚摸的玻璃上发芽
翻山越岭
分发爱给所有亲朋
温柔的心脏
摊开一本书
疗治颠沛流离的爱情

路过的冬雨

只是一个证明
显示曾有的荣耀
老迈得有点轻佻
象征的意蕴让人焦虑
扛不过树叶婆娑

明显心虚得哆嗦
以冷为由再三忸怩
在风中壮胆宣泄
终是形式上的力度
难寻酣畅淋漓
且望春天的倩影
彷徨街头
在路旁和门窗上闪躲

宿　醉

一场感情的恣肆
身体彻底放荡
暗夜中开出明媚的花朵
遮蔽月光
连太阳也羞涩
满面红光

晨起的树
随风起舞
交谊舞的魅惑
回味未竟的表达
碎成一地感伤
举杯，已是久违的情绪
为天长地久断炊

逗号，笑成叹号模样
为冲动欢歌
我自狂奔
为风流浪

来世做一棵庄稼

我要把虚妄的生命裁下
下决心
来世做一棵庄稼
只要人们播下种子
就顽强生根发芽
该拔节时拔节
该扬花时扬花
不求美丽与称颂
比玫瑰还要自豪
比木棉还要挺拔
每一份阳光雨露
都成长成苗壮的希望
每一份墒情养分
都储积成饱满的籽实
每一份汗水劳作
都吸纳成真诚的报答

下定决心
来世做一棵庄稼
风雨中
摇曳出质朴的美丽
阳光下
憨拙成灿烂的礼花

等雪的日子

从湿漉漉的相思
到冰清玉洁的相见
我从春天等到了冬天
到了冬天的冬天
你却在咫尺的遥远

几乎所有的绿色都褪了
绿色是生长的强悍
几乎所有的花儿都谢了
百花是生命的灿烂
每一缕阳光都变得柔软
阳光是世界的希望
细致入微而情意绵绵

只有风
是暴躁而调皮的孩子
早已不耐烦地呼啸
焦狂不安，四处盘桓
还有梅
娇俏女侠修炼成仙
迎着风，向着阳光
以傲慢的璀璨
把清香为你一路铺满

从湿漉漉的相思

到冰清玉洁的相见
我从青春等到了暮年
到了暮年的春天
你近在心底，远在云端

雪的声音

那么的坚定和自信
吹着口哨呼啸而来
潇洒地大手一挥
抹去所有不平和污秽
风风光光，坦坦荡荡
还世界一片洁白的纯真
在大地咏诵一首儿歌
哗啦啦的清澈

为筑起美梦和安闲
从从容容，迈着沉稳的方步
雍容大度，仪态万方
心中敞敞亮亮
绅士的优雅现世无双
风衣就那么一紧
演绎出无数爱情绝唱

吟诵着诗章而来
阶下草根散发着清香
疏枝倩影的梅呀
一刹那笑出一生的妖娆和顽强
欲语还羞，写一阕宋词
在眉梢唇边，在霞光残阳

就一个时辰

你就吼着号子来了
风在欢迎，冲动得跌跌撞撞
回家的路呀
一程程或悲或喜
奔波的痛绽放粲然暖阳
亲情成雾
笼罩急火火的身影
急匆匆的脚步踏碎一冬匆忙

笑声咯咯
举着含苞的迎春来了
一身的寒气
带着春潮的倔强
氤氲豪迈的犀利
招摇风中温柔的鹅黄
摇曳葳蕤的春光
稚嫩的童声唤醒冬眠的麦苗
咚咚响的脚步伴着欢笑
招手回眸
在山北的柳下
满足幸福地终老

裁一枝梅，为雪祭奠

这是必须的仪式
在春天出场之前
是自古以来的一种宗教
师法自然，浑然天成
在儒释道及所有宗教之上
超越宗教的宗教

认真挑选一个日子
下雪最大的吉日
一定是最大的
天地茫苍
雪欲主宰这个世界
这时，便只能请出"梅"了

裁吧，一定要裁
裁下最冷冽下的璀璨
裁下这件最庄严的祭礼
山岳是最庄重的礼器
大地是内敛着欢欣的祭坛
所有河流俯下奔涌的澎湃
四季陈酿的每个湖泊
以陶醉和虔诚的姿态
献祭这最适宜的礼仪和清香
这淡雅的清香
只属于潇潇洒洒

低调到极致后高贵的梅

风，自告奋勇的司仪
依循道统的规程
徐之有礼，疾之有序
不铺张也不简陋
不炫耀也不自卑
不轻薄也不呆板
只是这雪呀
远没有梅沉得住气

裁下一枝梅吧
大地已漫漶出丝丝暖气
请风登场
尽情地亮开嗓子
按自然的法规
该退的退，该上的上
退，规规矩矩
上，规规矩矩
来来去去
都留给世间最尊严的美丽

雪花，冬向春的表白

冷，结出六棱的花
再严肃的表情
也藏不住内心的萌动了
脚步轻盈起来
曼妙地舞蹈
向衷情的季节
展示或疾或徐的激情

雨跟在身后起哄
抛洒彩带、礼花和掌声
风，不即不离
缠绕在身前身后
歌颂、赞叹、讴歌抑或贬损……
你，奔赴内心的追求
决绝前行

大地是最公正的见证
以慈爱向天空起誓
感动天使的坦白纯净
鼓起所有天真的芽苞
挥舞期待飞翔的枝条
收敛所有不协调的情绪
以身作则
立下山誓海盟

我只要美好的现在

春风来了
大地返绿
万物都笑出声音
摇曳着身姿
全世界勃勃生机

夏天到了
叶繁枝密
万物疯狂生长
什么都不管不顾
太阳欢喜得乐此不疲
白天和黑夜热情十足

秋阳高照
果硕籽实
大地累得娇喘吁吁
天空心旷神怡
云朵盈盈笑语
检阅着雁阵，抚慰着天地
手舞足蹈
按捺不住的满足
江河湖海也兴奋，伴随起舞

北风歌唱
雪花嬉戏

叶子回归故里
根系蓄积情意
果实打个小盹
万物都思考生命，深邃感悟
歇息
期待下一个春天早日光顾

每天都有使命
时刻沐浴幸福
不抱怨过去
不空等明日
我只要美好的现在
享受当下的拥有和付出
一点一点，积攒未来的美丽
籽又发芽，叶又返绿

夏天的爱

夏天，最适合爱的季节
这个，我知道
没有哪个季节更适合爱了
我就是为夏天而来的
来看这一朵花的盛开
这一朵

爱，不是拥有
是我对你的执念

这一生，我不奢求
只在近处
在最适合的近处
伞，只为挡雨
我等着，一直等着
等到天堂的岔路口
等着，下一次的擦肩而过
爱了
就足够了
等着
等在一步步的回头

这样挺好

不要宏大的叙事
世间只是两个人的故事

雨伞下
就这么不急不缓漫步
雨是韵脚，风来伴舞
不需要太多言语和亲密举止
每一步都轻松欢愉
世界是你，我是唯一

静静坐着，无所事事
彼此氤氲温馨
阳光铺洒温煦
影子猫一样踱步
忘了来处，不问归途

奔跑，飞翔
追逐，守护
生命就是一场流浪
只要和你在一起
所有时光都不虚度

这样挺好
一切都是本来的样子
幸福，成长在心底
整个世界，触手可及

在这之间

天要黑了，在黑白之间
不知道光明向往何处

路要尽了，在尽头边缘
退是懦弱，前是艰险
犹豫在勇敢与懦弱之间
无畏与顾忌
可能就是一瞬之间

风来了，雨还没住
太阳出了，遇厚重的云翳
光明在阴晴之间
天地之间是一层云雾
心儿飞翔，天就明丽

过去在留恋，未来在顾盼
永远站在今天与明天之间
脚踏实地或妄想顾虑
过去就是过去
未来总是期许

痛，是对失去的痴迷
乐，是对将来的希冀
幸福，永远在快乐之间
你，为谁驻足？

爱与犹疑之间
恨与不舍之间
乐与磨难之间
……
我们与世界之间
花朵与果实之间
拥抱与再见之间
风，把落叶送到眼前
雪，含笑在冬春之间

风中的爱

那天，春风乍起
我们相爱，如风中羞涩的叶子
不经意的对视
涟漪了春水一池

我们奔波，为爱的甜蜜
宁可受尽整个世界的苦
风啊，那么妒忌
搅起波涌浪急
碧蓝的天跌宕成破碎的玻璃
叶子葳蕤，迎风起舞
我们紧紧靠拢，热烈拥抱在浪峰波谷

终是经不起风雨打击
叶子凋落，失意幽怨铺满天空大地
冷冽呀，一泓秋池
那么遥远，看不到彼此挥手
却知道挥手的彼此

叶子干枯，爱的花朵落幕
但爱没有死
在树枝上栖息
忍受霜冻雪寒，躲避狂风刺骨
等着，春风一定会来
一刻不停，所有痛苦都是为爱积蓄
积蓄力量和勇气

我心飞翔

今天，我要飞翔
用自由生长的翅膀
任心灵在碧空徜徉
让身体行走四方
疫情的霾瘴终于散去
怎能按捺回归自由的欣狂

从春节前被病毒捂住口鼻
几乎忘记自由呼吸的通畅
自从被疫情隔绝接触
几乎不知道大步该迈向何方
"新冠"的阴影笼罩大地
空气是那么滞重
阳光暗淡，风也忧伤
整个世界沉闷压抑
如黑白默片一样

迷彩方阵，令行景从
征战在抗疫战线最前方
满腔赤诚、英勇顽强
驱散森森的疠疫
还大地广袤，天空朗朗

今天，我们终于可以
尽情享受自然赐予的自由

解放被囚禁已久的四肢
舒展被压抑太紧的胸膛
自由吮吸每丝甘甜的空气
纵情沐浴每缕温煦的阳光
每个草芽都在微笑
每根树枝都摇曳欢畅
所有的鸟都放声歌唱
连乌鸦的声音也明快悠扬
风儿在逗弄花朵
云朵在嬉戏粼粼的波光
每个人都是笑脸相迎
每张脸都绽放着笑容和希望
春光明媚，浩气驰荡

风来了

当风吹过
树木摇醒太阳
远方的忧伤放着光芒
笼罩着四野，听草鼓掌
遮挡了月光，暗处有梦想
醉了风的时光
梦中的陈酿呀
忧伤的希望

风醒了
发现太阳逗弄月亮
水中，是走过的故乡
云上，躺着梦中的姑娘
月亮，枕着多年前的心伤
风，坐在水上
陪荷去远方

一阵风的命运

青蘋之末不安的躁动
持续积聚生命的张力
一路蓬勃到不可遏止
于是，狂躁得堕落
碰撞与撕扯
气急败坏地消遁
一片狼藉后悄无声息
所有生命都是匆忙的经历

邂逅的美丽

　　我和诗歌是一场偶遇，在年届不惑的人生路口，机缘巧合中邂逅了这份美丽。

　　2014 年 4 月，偶遇一首很有感觉的诗，即刻引发共鸣，"心有戚戚"，非常适合人到中年时回顾过往、追忆青葱，引发反刍和祭奠已逝岁月的感喟，便将它转发到了微信"同学群"，激起一片喝彩和议论，大家以为是我的作品，深怀自惭的同时又有一份自满的窃喜。那首诗节奏、语言和意境都很美，但并不十分知名，多数人不知道出处，误认为是我写的也属不正常中的正常，情有可原。此事在我心中激起了小小的涟漪，窃认为，从一个侧面说明了大家对我的希冀和期许。于是，在这一刻的人生转角，美丽的诗歌与我有了瞬息的对视，刹那间点燃心底深处"我是不是也该写点什么"的冲动。

　　时过不久，看到美国诗人 Sandol Stoddard Warburg 的一首诗 *I like you*。很好的名字，仅听名字就如沐春风，扑面的温暖和纯真。查看原诗，语言平实流畅、精巧活泼，感情丰盈充沛、情真意切，诗境优美轻灵，诗意饱满深邃，而中文译诗却直接浅陋，苍白寡淡，文难达意，意不贯通。在朋友撺掇鼓励下，情急难却，遂尝试自译。译后把玩欣赏，自觉满意，欣欣然投递给一家专门刊发翻译诗作的期刊，该刊主编给予充分肯定："语言功底厚实，翻译精准到位"，但因 Sandol Stoddard Warburg 已经过世，该刊只编发在世作者的诗作，深表遗憾。同时，委托我翻译两首塞浦路斯诗人鲁比娜·安德达基斯的诗，译后收入了作者的中文诗集。其后，我翻译的 *I like you* 在《军旅文学》上发表，编辑点评："诗语精准、简约，感情滂沛、深挚。翻译水准较高。"这又一次对我产生激励，进一步催化了诗歌创作的野心。

在人生转角与美丽擦肩邂逅播下的美丽种子，经这点阳光雨露的滋润，已有点蠢蠢欲动，几欲破土。

这三首翻译诗作，在这次结集时因担心涉及著作权问题，交涉起来比较麻烦，没有被收录，是缺憾也是完美，为我保留了一点敝帚自珍的私心和丑不外扬的自尊。

2016 年，陪父母到新疆旅游，除南疆四州外几近转完了新疆所有地方，真可谓景美如画，心美如歌，情难自抑，诗意的种子自然而然萌芽破土。信手写就的《秋》《秋天，我在阿勒泰》等，发在微信朋友圈后，受到不少友情的鼓励和客气的赞扬，投递出去还得以发表。破土而出的幼苗，在惠风和畅下更加苗壮，这颗顽强而稚嫩的诗心便不由自主膨胀起来。

诗歌是心底流淌的清泉。有了这份邂逅的美丽的支撑，心中便多了一份牵念，多了一份敏锐，多了一份对社会、人生、自然的情感和思考，多了一份追求美丽、述说美丽、描绘和塑造美丽的执着和坚韧。几年下来，驻足回首，居然写了一百多首。在把玩自赏之下，经不住虚荣心作祟，以及急于得到肯定、认可的那份不沉着，向报刊投递，承蒙编辑抬爱，陆续得以发表，偶尔还收到肯定和表扬，这样胆子便愈加"肥大"起来。如田舍郎误闯皇宫，起初抖抖索索、低眉垂首，大气儿不敢出，慢慢就东摸西看，行动自如起来；再受点小表扬，居然舞之蹈之有点儿忘乎所以了。这种惶恐和不自矜，或者说"小人得志""小富即喜"的浅薄，既制约了思想的深刻和作品的精进，也给予了壮胆前行、积极探索的动力和勇气。对诗歌由膜拜、敬畏，进而学着去触摸，一步步胆战心惊地尝试、进取，我自以为是鼓足了勇气，在文学道路上迈过了一大门槛，跨出了关键一步。

几个媒体界的朋友看到后，偶尔时逢节庆、稿件不凑手时，也诚挚邀约写稿应景，这也使我的"野心"更加"勃勃"。邂逅的美丽成了矢志的追求，人生的天空照进一束绚丽的阳光，诗意的种子恰遇适宜的阳光雨露，便任性恣肆地蓬勃成长，终至结下这个青涩的不太成熟的果实。

这些所谓的诗，均是兴致所至，心有所感，信笔涂鸦，自娱自乐，写来抒发情感、表露情怀，安抚喧嚣尘世中浮躁的心灵，享受短暂停顿中片刻的宁静，是给生活的一个说法，也是给自己心灵的一个回应。

著名作家张炜说过："诗歌是文学的核心。"在我心目中，诗歌是所有文学形式中最凝练、最高端、最圣洁，也是最难把握的一种，只可欣赏学习，冶情怡心、铭志砺气，却不敢轻易触碰尝试。在斗胆触摸尝鲜之后，"比葫芦画瓢"，初入门径而孜孜以求，摸索品咂中向着远方的那束光蹒跚前进，虽然缓慢迟滞，但自觉每一步都虚心笃定、认真虔诚，走得磕磕绊绊，成绩乏善可陈，但坦诚自足，问心无愧，时有惊喜。

年过不惑，言行上少了青年时的冲动和激奋，但对世事人生的认识评判没有多少改变，那份对美的渴求，那份固执、正义、原则、担当等也没有变，只是经历太多沧浪之水冲刷磨砺之后，被动地换了方式和途径。一个人经历的事情越多、越复杂、越跌宕波折，对社会、人生等就会看得越通透明了、越云淡风轻、越深远旷达，越懂得舍弃和圆融，行为方式和性格脾气也会越沉静、柔韧、淡泊、闲适、宠辱不惊，这不是本质的改变，而是一种更洞明的处世、更锐利的表达、更深刻的激奋。性情所至的这些诗作，歌颂自然、感慨人生、描写军旅、述写亲情友情乡情等，就是为了记录平淡生活中的那点波澜，抒发熙攘世界中的那份沉静，感慨庸俗无聊中的那份凉薄抑或温暖，思考衣食住行之外本不该思考的那点多余而有情趣的探究。

这一百多首诗的结集出版，是利用点滴业余时间对文学的探索成果，是对这几年生活和心情的一个小结，是给自己的一点安慰，也是对支持我的家人和朋友的一个"说法"、一个交代。亲人的关怀是自己一点点前进的永恒动力，是每每懈怠、放松、偷懒时，能够坚持一下、振作起来的不竭源泉；朋友的关心、支持，是我不断增强信心，能够战胜自己、突破自己，敢于触摸诗歌，书写点心中的小情小调、小痛小喜，将内在的隐秘示予公众而不自羞的最大支撑。

这本书的顺利出版，是田鹏、俊豪等各位老兄鼎力相助的结果，是周大新、柳建伟等老师、大哥不吝赐教、大力扶持的结果，是出版社的领导和编辑辛劳付出的结果，是亲人朋友默默支持、无私包容的结果。柳建伟老师公务缠身，在单位改革定编、百事待举的百忙之中，专门抽出时间为本书作序，既是对我的关心扶持，更是巨大的勉励、鼓舞和鞭策。

把诗稿送到编辑手上时，我心中满是忐忑和不安，如小学生作业没做好，又不得不上交老师批阅的紧张、矛盾而又心存侥幸。自己自然知道自己的斤两，自知能吃几两干饭，自知作品的缺陷，幼稚、浅薄、苍白，有的可能流于口号式的表态，有的也许"为赋新词"而无病呻吟，有的或许诘拗艰涩，但不管怎样，如同自己的孩子，爱是天然而发自内心的。

从军近三十年，"军人"已经不只是一个称呼，完全长成了性格。将这本诗集，也是人生的第一本文学作品集，取名为《鼓角春声》。高考之后，四海为家，身一直在流浪，心一直在路上，但初心一直没忘，追求一直顽强，情感愈加醇厚，目标依然在远方。

我将永远感谢给予我关心、支持、鼓励的亲人、朋友，永远感谢喜欢或不喜欢但能阅读、品味我作品的读者，永远感谢这么多年来生活给予我的这份馈赠和恩赐！

止笔恰是八一，正值中伏暑期，天地如蒸笼，动辄汗流浃背。热风骄阳之下，溽热难耐，而荷香馥郁，田田如盖，莲蓬鲜美，令人赏心悦目、心旷神怡。欣赏赞美菡萏的娇俏雅丽之时，鲜少有人想到深潜淤泥的莲藕正在执守信念、潜滋暗长。秋尽冬来，叶枯花败，只有饱满鲜亮的莲藕呈献给人们实实在在的惊喜。

人生也大抵如此。

杂七杂八，算作后记。

2019 年 7 月　于京藕香斋